KRISTINA KASENGULU

I0563261

MA VIE À MIAMI 1992 JANVIER – NOUVEL AN, NOUVEAU DRAME

MA VIE À MIAMI

Kristina Kasengulu

Ma vie à Miami 1992 Janvier – Nouvel An, Nouveau Drame

Autoédition

Mise en page : François Messier

Publié par Kristina Kasengulu, Edmonton, Canada
ISBN
Broché   978-1-777-6479-1-9
eBook   978-1-777-6479-0-2

Publication assistance by

PAGEMASTER
PUBLISHING
PageMaster.ca

Table des matières

MA VIE À MIAMI

Remerciements

Rien de tout cela ne serait possible sans la grâce de Dieu. Je rendrai grâce au Seigneur à cause de sa justice. Sa fidélité est la raison pour laquelle j'ai pu écrire et publier ce livre.

J'aimerais exprimer ma gratitude à la Dr Rose Joshua (que j'appelle Aunty Rose). Les mots ne peuvent pas exprimer à quel point je suis reconnaissante pour tous vos efforts sur ce projet, ainsi que toutes vos idées perspicaces et votre foi en ma vision. Que Dieu vous bénisse ainsi que votre famille.

Ce projet n'aurait pas vu le jour sans l'amour ni le soutien de ma mère. Ses sages conseils ont été inestimables. Tout au long de ce voyage, et j'ai tellement appris.

Enfin, je tiens à remercier M. Sieben.

Mon enseignant de cinquième et sixième année d'Anglais. Il est la raison pour laquelle j'ai voulu écrire. Merci parce que grâce à vous, je suis tombée amoureuse de la littérature !

MA VIE À MIAMI

Mercredi 1er janvier 1992

« 3, 2,1… Bonne année ! » a crié toute la salle. Tant et si bien que quand l'horloge a sonné minuit, je pensais que ma tête allait exploser ! D'abord, mon père a ouvert une bouteille de champagne ; ensuite, mon frère Martin, âgé de 17 ans, commença à crier de façon hystérique ; ensuite, Meghan Benjaminson (ma meilleure amie) m'a serré tellement fort que je pensais m'étouffer ; enfin, le feu d'artifice a explosé fort à l'extérieur (notre quartier a toujours eu des feux d'artifice les jours fériés significatifs) ; et pour bien conclure le tout, la maman de Meghan a commencé à prendre des « millions de photos avec son appareil photo à la seconde » ! Cinq choses qui se passent en même temps ?! C'était fou.

Cela m'a rappelé l'année dernière, en 1991. Tant de choses s'étaient passées et beaucoup pour lesquelles j'étais reconnaissante (par exemple, aller en voyage par voie routière à Tampa, en Floride) et certaines choses pour lesquelles je n'étais pas si reconnaissante (comme perdre mon grand-père à cause de la maladie cardiaque), mais c'était maintenant une nouvelle année. Je devais me souvenir du passé, mais aussi préparer l'avenir – une nouvelle année, 1992. Je me demandais ce que cette année allait m'apporter.

« C'est 1992 ! Jennifer ! C'est 1992 ! » Meghan crachait avec délice. J'étais moi aussi très ravie que ce soit la nouvelle année, mais j'avais besoin de me libérer de l'inconfortable étreinte afin de prendre un souffle.

« Meghan, si tu ne me lâches pas maintenant, je ne pense pas pouvoir voir une autre minute de cette année » : ai-je réussi à dire fort ?

Meghan à moitié souriante, me lâcha prise.

« Heureuse nouvelle année, Jen », dit-elle avec joie et maladresse en même temps.

« Pareillement Meg » toussais-je, essayant de reprendre mon souffle.

J'ai frotté mon bras. C'était probablement l'étreinte la plus inconfortable que j'avais jamais vécue. Un acte qui était censé être chaud et léger semblait forcé et un peu contrôlant. Meghan ne m'avait jamais embrassé comme ça auparavant. Bizarre.

Soudain, Martin a interrompu mes pensées. Il s'est dirigé vers moi, et m'a frappée le bras de façon ludique (bien que cela ne se voulait pas très ludique).

« Ow ! » ai-je crié

« Bonne année petit chou » taquinait Martin

« Ta résolution de cette nouvelle année devrait être d'arrêter de m'appeler comme ça », lui ai-je lancé. Je regardais avec exaspération mon frère grossier et orgueilleux, rire lui-même et s'en aller.

Meghan m'a attrapé la main (encore une fois avec cette poignée troublante) et m'a conduit à la fenêtre du salon de ma famille. Nous avons regardé le feu d'artifice en silence ; c'était une si belle vue.

Mme B est venue prendre des photos des parents, ensuite, du feu d'artifice et celle de Meghan et moi ensemble. Nous avons patiemment attendu que les photos soient imprimées hors de la fente de l'appareil photo instantané (l'appareil photo de Mme B était très vieux, donc il a souvent fallu du temps pour imprimer). Cinq photos ont été imprimées, ainsi Meghan et moi avons chacun pris une photo de nous et du feu d'artifice. Mme B a gardé la cinquième pour son propre carnet de famille.

MA VIE À MIAMI

Après les photos de famille et de la prière pour la nouvelle année, nos parents ont dû partir chez un voisin pour plus de festivités. Ce qui signifiait que Martin allait rester veiller sur nous.

À présent, vous vous demandez probablement qui je suis, j'ai, quel âge, d'où je viens et biens d'autres choses. Eh bien, d'abord, je m'appelle Jennifer Alexis Chevrolet (mais mes amis m'appellent Jen). Je mesure 5 pieds 3, j'ai douze ans. Je suis en septième année. Je suis aussi une brune naturelle (comme toute ma famille) qui a l'air un peu plus âgée que son âge. C'est peut-être à cause de ma taille, mais beaucoup de gens me prennent pour un enfant de 14 ans quand ils me rencontrent – ce que je trouve personnellement assez génial.

Je vis à Coconut Grove, Miami, Floride. Ne vous méprenez pas, j'adore Miami, j'ai vécu à Coconut Grove toute ma vie, mais la ville est très surévaluée. Tout d'abord, pour une famille à faible revenu comme la mienne, c'est très cher, la chaleur à Miami est suffocante, le trafic à Miami (surtout sur l'autoroute) est absolument terrible, je pourrais continuer… Pour quelqu'un qui a grandi à Miami, je ne pense pas que ce soit la ville de rêve comme tout le monde la dépeint.

Outre toutes les dépenses et les vagues de chaleur quotidiennes que ma famille et moi subissons à Miami, ce n'est pas si mal quand vous vous y habituez. Je vis avec mes parents, et mon frère aîné Martin (il a dix-sept ans). Nous vivons dans une petite copropriété avec trois chambres et un petit espace de bureau à Coconut Grove. Mon père est ingénieur, ma mère travaille de la maison comme représentante du service à la clientèle.

Ma famille a toujours privilégié l'éducation, mon père parle toujours de la façon dont les études pouvaient vous amener loin dans la vie. C'est pourquoi je fréquente l'école la plus prestigieuse de la Grove – L'Académie de Coconut Grove. C'est une école privée traditionnelle avec des uniformes scolaires, des enseignants exigeants et des frais de scolarité très chers. Ma mère et mon père ont mis tant d'argent dans l'éducation de Martin et moi, qu'ils ont à peine assez pour acheter une grande et meilleure maison. Je leur suis très reconnaissante pour tout ce qu'ils ont fait et j'espère qu'un jour nous pourrons emménager dans une maison plus grande en banlieue.

Ma vie scolaire est tout à fait décente, je fréquente la même école que ma meilleure amie (Meghan Benjaminson) et je fais partie du plus populaire groupe de l'école. Les parents de Meghan et mes parents se connaissaient avant même notre naissance. Au début, Meghan et moi n'étions pas les meilleurs amis ; je veux dire – nous nous détestons au début. Tout le monde pensait que notre relation allait s'améliorer au fil des ans, mais ce n'était pas le cas. Donc, en troisième année, chaque fois que les Benjaminson nous visitaient, ils n'amenaient pas Meghan et chaque fois que ma famille leur rendait visite, je ne les accompagnais pas non plus. Peu après, au cours de l'été, ma mère a pensé que l'animosité devenait ridicule. Ainsi, nos parents nous ont envoyés au camp d'été, et ils se sont arrangés pour que nous soyons colocataires. Nos parents pensaient que nous allions nous entretuer, mais à la grande surprise de tous, nous sommes devenues de bonnes amies.

« OK les enfants, écoutez Martin », a dit maman en mettant sa veste.

« Espérons que nous n'allons pas nous enivrer ! » a ri papa en ouvrant la porte. J'ai vu ma maman rouler les yeux derrière son dos. Mme Benjaminson embrassa Meghan sur la tête, et elle sortit de la maison suivie de son mari. Après tous les bonsoirs et les commentaires de Martin, nos parents sont finalement partis. Quand Martin a fermé la porte, il nous a souri malicieusement. Euh oh ! J'avais le sentiment que ce serait une journée exceptionnellement longue.

« Martin, nous allons regarder la télévision », ai-je annoncé obstinément, « Je veux regarder la rediffusion de la chute de balle à Times Square ».

Cette nuit, Meghan et moi voulions tellement la regarder, mais nos parents ne nous ont pas laissées la regarder en direct (pour des raisons de passer du temps de qualité familiale).

« Oui ! Excellente idée ! » accepta Meghan, alors qu'elle se dirigeait vers le canapé devant la télévision.

« Pas moyen ! » a interjeté Martin, « Il est minuit, beaucoup trop tard pour vous deux ».

« Oh, s'il te plaît ! Nous pouvons dormir quand nous le voudrions », lui dit Meghan.

« Je suis d'accord », ai-je déclaré.

« Je suis responsable de vous », a dit Martin avec fierté.

Je lui ai sorti la langue, alors qu'il se garait devant la télévision.

« Un tel saccage », murmurai-je.

« Je vous souhaite d'avoir deux télévisions », a dit Meghan alors que nous nous dirigeons dans la salle de bain pour nous brosser les dents. J'ai regardé Meghan alors qu'elle attrapait la nouvelle brosse à dents qui se trouvait dans le cabinet sous l'évier.

« Quoi ? » demanda-t-elle pendant qu'elle arrachait l'emballage en carton.

Meghan détestait être regardée, cela la rendait peu sûre, mais je pensais personnellement qu'elle n'avait rien à craindre. Cependant, la raison pour laquelle je regardais la brosse à dents était parce que j'avais un meilleur plan pour jouer un tour à Martin.

« J'ai une idée… » Lui ai-je dit.

Après nous être lavés, nous sommes allés dans ma chambre, pour attendre que Martin réagisse à notre farce. Si vous vous demandez ce qu'était notre farce, nous avons mis le shampooing malodorant que j'avais reçu d'une de mes tantes pour Noël sur la brosse à dents de Martin. Ça allait être hilarant !

Alors que nous attendions, Meghan demanda attentivement : « As-tu déjà pensé à ta résolution de cette nouvelle année ? »

J'ai soupiré, vraiment cela ne m'avait honnêtement jamais traversé l'esprit. J'étais beaucoup trop occupée par la fête Noël au cours des dernières semaines de décembre.

« Non pas encore, je l'aurai probablement trouvé dans la matinée », ai-je répondu.

« Eh bien, je vais être végétarienne », a déclaré hardiment Meghan. Je suis d'accord. Meghan n'était pas très fanatique de la viande qu'elle mangeait. Elle détestait les hamburgers, les hot-dogs et plus encore. La seule sorte de viande qu'elle aimait était le poulet de popcorn orange qu'ils servaient à la cafétéria de l'école. Donc, être végétarien allait être très facile pour elle.

« Bonne chance » lui ai-je dit, même si je savais qu'elle n'en avait pas besoin.

Nous avons patiemment attendu que Martin vienne à l'étage et se brosse les dents, mais tout ce qu'il faisait, c'était de regarder une reprise d'un match de football américain. Je savais parce que je pouvais entendre les bruits supplémentaires des gens qui criaient et criaient « SCORE ! » ou « BOO ! » de la télévision, ainsi que les « effets sonores » supplémentaires de Martin.

Nous avons attendu tellement longtemps que Meghan a fini par s'endormir sur mon lit au lieu du sac de couchage que je lui donnais toujours quand elle dormait à la maison. Comme mon lit jumeau était trop petit pour nous deux, j'ai décidé de faire le sacrifice et de dormir dans l'inconfortable sac de couchage.

Pendant que j'attendais, je lisais un livre de mon auteur préféré, Rayne Weaver. Il était intitulé : « Les Weaver sauvent la Planète ». Un livre sur la façon dont Rayne et sa famille ont lancé une entreprise de bienfaisance pour aider leur ville de Coral Springs à ouvrir son tout premier dépôt de recyclage afin de réduire la quantité de déchets gaspillés. Rayne Weaver était une telle inspiration pour moi que je voulais la rencontrer un jour. Elle a accordé de nombreuses interviews dans des nouvelles, et était souvent citée dans des magazines ! Elle n'était pas connue de tous, mais si vous me le demandiez elle était assez célèbre !

J'ai lu mon tout premier livre de Rayne Weaver l'année précédente à la bibliothèque de mon église. Depuis que j'ai lu son premier roman, j'avais été obsédée par la lecture, et un jour aspiré à être écrivain. Je voulais un jour ressembler à Rayne Weaver et influencer les jeunes comme moi d'avoir une relation avec Dieu.

J'ai continué à lire le livre, jusqu'à ce que je termine enfin. Pendant que je lisais la page d'autobiographie de l'auteure, j'ai remarqué que l'adresse de la boîte postale de Rayne Weaver était fournie avec ses informations. Cela signifiait que je pouvais lui envoyer des lettres ! En revoyant l'adresse de la boîte postale, je me suis rendu compte que Rayne Weaver vivait à Orlando ! Elle doit avoir déménagé dans plusieurs villes, parce que selon son livre, elle est née à Coral Springs.

Puis, de nulle part, une idée étonnante est venue dans ma tête. Je pourrais écrire des lettres à Rayne Weaver – une fois par semaine ! C'était une idée incroyable ! Il y avait tellement de choses que je voulais lui demander et en savoir plus sur son succès (j'étais très intéressée à être auteur moi-même) ! J'ai rapidement saisi mon cahier de mon placard avant de pouvoir oublier cette brillante idée.

« Que fais-tu ? » gémit Meghan alors qu'elle roulait de l'autre côté de son dos elle avait probablement entendu les bruits (gestes bruyants) de mon gribouillage sur mon cahier.

« J'ai découvert ce que je voudrais être la résolution de ma nouvelle année ! » lui ai-je dit avec enthousiasme.

« OK alors, bonne nuit », répliqua Meghan sans rendre mon énergie.

Je ne pouvais pas m'empêcher de dire avec un grand plaisir (oubliant que c'était le milieu de la nuit), « Je vais écrire une lettre à Rayne Weaver chaque semaine, pour le reste de l'année ! »

« OK alors, bonjour », répète Meghan sèchement, alors qu'elle couvrait son visage avec ma couverture, et se retournait.

J'ai décidé de laisser Meghan seule, puis j'ai écrit ma toute première lettre à mon icône personnelle Rayne Weaver,

Cher Rayne Weaver,

Salut! Je m'appelle Jennifer. Je suis une de vos plus grandes admiratrices et j'aime beaucoup lire vos livres. Je viens de terminer la lecture de votre livre le plus vendu « Les Weaver sauvent la planète », et j'aime beaucoup ! C'est assez cool de constater à quel point vous étiez proche de votre famille... J'aurais aimé être aussi proche de mon frère que vous, mais mon frère Martin peut être vraiment ennuyeux et immature par moments. Je voulais juste que vous sachiez que vous êtes un auteur incroyable !! J'aimerais vraiment en apprendre davantage sur vous, et je ne m'attends pas à ce que vous répondiez à cette lettre ! Aussi, BONNE ANNÉE ! J'espère que l'année dernière a été une bonne année pour vous, et j'espère que cette année sera encore dix fois meilleure ! Votre plus grand admirateur.

Jennifer Chevrolet

Je voulais trouver une enveloppe, quelques timbres, et mettre ma lettre dehors dans la boîte aux lettres à cet instant, mais bien sûr je ne pouvais pas parce que ma mère allait devenir folle de rage si elle découvrait que je suis allée dehors tard dans la nuit. Miami n'est pas une ville sûre, surtout la nuit pour les jeunes filles comme moi. Donc, je me ressaisis et je remets mon papier dans le placard, puis j'ai fait une petite prière pour que Rayne Weaver voie et réponde, ensuite je suis allée au lit.

*****

Je ne sais pas combien de temps après, mais Meghan et moi étions tous les deux réveillés à cause de l'énorme exclamation de Martin, « BEURK ! ». Nous avons tellement rigolé que nos côtes faisaient mal, Martin avait obtenu sa leçon ! Meghan étant enfin réveillée, j'ai décidé de lui expliquer ma résolution de la nouvelle année.

« Bonne idée ! Si tu envoies des lettres chaque semaine, elle n'aura pas le choix de répondre », a dit Meghan

« Je l'espère », ai-je répondu avec espoir. Meghan était sur le point de dire quelque chose lorsque Martin est entré dans notre chambre et a allumé les lumières.

« Je vais me venger », dit-il, en pointant son index vers nous. Meghan et moi avons ri alors qu'il sortait de la pièce et claquait la porte. Nous avons discuté un peu de nos résolutions de la nouvelle année, et nous sommes rapidement retournés au lit (nous ne savions pas quand nos parents seraient de retour à la maison ; donc, nous ne voulions pas qu'ils nous trouvent éveillés si tard la nuit).

J'ai continué à me dire que ce serait une bonne année pour moi, et j'étais sûr que ce serait le cas.

*****

Meghan est restée chez nous le restant de la journée. Nous avons bavardé, joué à des jeux vidéo, eu des collations, et regardé des films. C'était une journée incroyablement amusante. L'école commencerait la semaine prochaine, donc j'avais besoin de tout le repos que je pouvais obtenir. J'ai aussi mis ma première lettre destinée à Rayne Weaver dans la boîte aux lettres. C'était le début d'une nouvelle année. 1991 était passée, maintenant nous étions en 1992 !

Jeudi 2 janvier 1992

J'ai vérifié la boîte aux lettres tôt ce matin-là, par curiosité. La seule lettre que j'ai reçue au lieu d'une réponse de la lettre que j'ai envoyée à Rayne Weaver était mon horaire scolaire. De plus, c'était du vieux courrier parce que personne n'avait vérifié notre boîte aux lettres ces derniers jours.

J'ai mis ma lettre dans le courrier la veille. Je savais que je ne devrais pas attendre une réponse le lendemain, mais l'enthousiasme a eu raison de moi et je me suis dirigée vers la boîte aux lettres en attendant une lettre de mon auteur préféré, donc l'horaire que j'ai obtenu de mon école était un peu irritant.

Meghan savait à quel point j'étais excitée par ma résolution de la nouvelle année, alors elle m'a téléphoné de sa maison pour voir si la réponse était arrivée.

« Alors ? Alors ? As-tu reçu une réponse ? » demandat-elle sans même dire bonjour.

« Salut Meg ! Ma journée a été merveilleuse jusqu'à présent », ai-je ri.

« Quoi qu'il en soit, Rayne Weaver, a-t-elle répondu ? »

« Meghan, je n'ai mis ma lettre qu'hier » « Eh bien, j'imagine que tu as raison, mais … »

Puis j'ai entendu des voix étouffées en arrière-plan.

« Oh, désolée Jen ! J'aimerais pouvoir en parler plus, mais ma mère veut m'emmener acheter mon uniforme scolaire. »

« N'as-tu pas déjà cinq ensembles ?! »

« Mes vieux sont trop petits – bien, selon ma mère ».

« Wow ! Tu vas probablement avoir 100 uniformes quand tu auras fini l'école ».

« Et j'ai perdu mon ruban… encore une fois ».

J'ai ri et dit au revoir à Meghan en soupirant. J'ai toujours trouvé drôle de voir que les Chevrolet et les Benjaminsons étaient presque deux familles opposées. Avec Meghan nous nous connaissions toute notre vie et nous étions pratiquement des sœurs qui vivaient dans des maisons différentes (puisque nos parents étaient de bons amis), mais peu importe Meghan et moi étions deux personnes très différentes. « Les opposés s'attirent », a toujours dit mon père.

Complètement ennuyée, je suis allée dans ma chambre pour ressortir les différences qu'il y avait entre Meghan et moi – eh bien, non pas comparer nos familles, mais plutôt souligner les différences.

JENNIFER CONTRE MEGHAN

-Brunette	-Cheveux blonds
-Née le 26 février 1979	-Née le 12 février 1979
-Un frère aîné	-Un enfant unique

J'ai regardé ma liste – j'étais insatisfaite. J'avais seulement noté les choses les plus basiques. J'ai fermé mon cahier et je me suis couchée sur mon lit. C'était vraiment une nouvelle année, 1991 était passée, et j'avais toujours la même meilleure amie depuis 1988.

J'ai regardé ma chambre, c'était ennuyeux, c'était encombré de mon bureau et d'une chaise, de mon tiroir, de mon lit, de mon placard, d'une lampe bleue des quelques photos (des amis et de la famille) et des deux affiches. J'ai regardé les affiches accrochées avec une bande (nous louions notre maison et mon papa ne me laisserait pas ni mon frère épingler des trucs à nos murs) sur mon mur blanc, une affiche dit : « La vie est meilleure quand on danse » et un autre était celui que j'avais obtenu pour Noël : « Nouvel An, nouveau moi ».

Je me suis énervée, tout le monde savait que la phrase : « Nouvel An, nouveau moi » a toujours été un mensonge. Pour la première semaine de janvier, tout le monde a toujours eu une résolution de Nouvel An qu'ils ont essayé, mais ont abandonné en février.

L'année dernière, ma résolution était de lire plus et d'être ouverte à d'autres livres que ceux de Rayne Weaver, mais évidemment j'ai échoué. Bien que je sache qu'il n'y eût aucun moyen que je puisse devenir une « nouvelle personne » en 1992, je voulais que ce soit une année spéciale. Je mettrais toutes les chances de mon côté pour réaliser ma nouvelle résolution de l'année. J'ai alors commencé à me demander…

Il devait y avoir quelque chose de nouveau à ma façon d'aborder 1992 ! Que pourrait-il être ? Nouvel An, nouveau… avec quoi j'aurais pu finir ma phrase ?

Vendredi 3 janvier 1992

Cet après-midi-là, je suis revenue d'une promenade à vélo dans le quartier avec mon frère et je me suis arrêtée devant la boîte aux lettres. J'ai aperçu une lettre sans adresse. Il semblait être délivré à la main… C'était bizarre, d'autant plus qu'il fallait normalement une semaine pour que le courrier arrive.

Cher lecteur,

Merci pour la gentille lettre. Je l'apprécie sincèrement! Permettez-moi de vous parler un peu de moi. Le prénom est Rayne Benjamison (comme vous le savez probablement déjà). J'ai actuellement 21 ans et je poursuis des études en éducation à l'Université de Tumbleson, et je suis dans ma troisième année! J'ai hâte d'être diplômée ! Pendant mon temps libre, j'aime faire de longues promenades le long des sentiers du campus, écrire des livres et faire du bénévolat en tant que professeur suppléant à la Coconut Grove Academy. J'espère que vous avez appris quelque chose de nouveau sur moi ! Merci d'avoir lu mes livres !

Rayne Benjaminson

« Attendez, quoi ? » Je me suis exclamée après avoir lu la lettre presque quatre fois (j'étais convaincu que je l'avais mal lu).

« Depuis quand était-elle âgée de 21 ans et toujours à l'Université ? Attends, elle fait du bénévolat à mon école ? Et pourquoi a-t-elle le même nom de famille que Meghan ? » me suis-je exclamé, quand j'ai montré la lettre à ma mère. « Et pourquoi ai-je reçu une réponse si rapidement ? Elle vit à Orlando ! Cela aurait dû prendre au moins une semaine ! »

« Woah ! Ralentis tes chevaux, chérie » taquina maman.

« Cette lettre vient de me troubler », ai-je gémi dans la frustration.

« Peut-être que tu devrais parler à Meghan de cette histoire de famille, peut-être qu'elle sait ; mais rappelle-toi, les gens peuvent avoir les mêmes noms de famille et ne pas être reliés ».

« Et cette lettre n'est pas écrite à la main ; c'est dans une police imprimée » mon père a ri en regardant par-dessus mon épaule.

« Ouais, je suis sûr que cette lettre est envoyée à tous ceux qui écrivent à votre auteur », a rigolé ma mère.

Je n'aimais pas le fait que ma mère et mon père semblaient se réjouir de mon malheur, j'étais vraiment optimiste quant à ma résolution de cette nouvelle année ! Je voulais être pris au sérieux.

« J'appelle Meghan », dis-je en saisissant la lettre du comptoir de la cuisine. Mes parents ne m'aidaient pas à me sentir mieux.

La question la plus critique que je devais clarifier, était comment se faisait-il que Meghan et Rayne Weaver eussent le même nom. Je savais que ça pouvait être une coïncidence… vous ne savez jamais. J'ai appelé Meghan (Meghan a son numéro personnel), mais à ma grande surprise Mme B a répondu à la place.

« Bonjour ? » : a-t-elle salué.

« Bonjour, Madame B, c'est moi, Jennifer », répondis-je. J'aurais dû d'abord parler à Mme B, mais à ce moment-là, j'ai juste eu l'impression que je devais parler avec Meghan.

Mme B a lancé un énorme soupir et a dit : « D'accord, mais seulement pendant cinq minutes, elle travaille sur son rapport de livre ».

J'ai frappé sur mon front. J'avais complètement oublié le rapport de livre qui devait être remis la semaine suivante (et qui valait 15 % de notre note). J'ai décidé de cacher ce fait à Mme B. Je ne voulais pas qu'elle me balance à mes parents. Je savais aussi que si mes parents le savaient, ils seraient sur mon cas jusqu'à ce que je le termine – en particulier mon père. Mon père est très strict sur les notes, il est en fait très strict sur beaucoup de choses ; donc les devoirs inachevés allaient certainement le déconcerter. Mon père surveillait toujours Martin en ce qui concerne l'école (surtout depuis qu'il était en onzième année) et je ne voulais pas ce genre d'attention parentale sur moi.

Mme B a appelé Meghan, nous nous sommes salués rapidement, et je lui ai donné une bonne nouvelle. « Elle a répondu à ma lettre », lui ai-je simplement dit.

« Hé ? » a interrogé Meghan confuse.

« Rayne Weaver ! » J'ai crié son nom avec agressivité ; je pensais que Meghan aurait dû savoir ce que je voulais dire, je ne parlais que de ça depuis le Nouvel An.

« Bon sang ! Cela m'a fait mal aux oreilles, tu n'as pas besoin de crier », s'écria Meghan.

« Désolée » je me suis excusée, même si techniquement je ne criais pas.

« C'est assez cool, a-t-elle répondu à ta lettre ! Et si vite aussi ! » se félicita-t-elle, « Lisez-moi ».

« Elle n'a pas répondu à ma lettre. La lettre que j'ai reçue n'était qu'une copie de celle qu'elle envoie à tous ses admirateurs ».

« OK ? Pouvez-vous encore me lire ? » « Bien sûr » : j'ai accepté.

J'ai lu la courte lettre à Meghan alors qu'elle restait silencieuse.

« Je suis perdue », dit Meghan, après avoir lu.

« Pourquoi a-t-elle le même nom de famille que toi ? » ai-je demandé, ignorant la déclaration précédente de Meghan.

« Je ne sais pas », a répondu Meghan, « Et pourquoi as-tu obtenu une réponse si rapide ? Le courrier prend normalement une semaine à livrer ».

« J'ai également remarqué qu'il n'y avait pas d'adresse sur l'enveloppe – le courrier a toujours une adresse. Elle doit avoir été livrée en main propre ».

« Peut-être habite-t-elle à proximité ? »

« Hum… Peut-être »

« Ou peut-être… » a commencé Meghan, mais elle a été interrompue par une voix en arrière-plan.

J'ai immédiatement su que c'était sa mère – Mme B. Je pense que Mme Benjaminson était probablement l'une des mamans les plus surprotectrices jamais vues. C'était assez compréhensible vu que Meghan était son seul enfant, elle a beaucoup d'allergies et a de l'asthme. Meghan a toujours été une personne difficile et personne ne saurait qu'elle avait l'asthme à moins qu'elle ne le leur dise. La maman de Meghan a besoin de se détendre un peu, mais je connais Mme B depuis longtemps, et je l'aime. Bien que Mme B soit plus tenace, ma mère est plus détendue et décontractée, bien sûr qu'elle a des règles de maison étranges, mais quand je la compare à Mme B, ma mère est beaucoup plus frileuse. Hé ! J'ai trouvé quelque chose que je pourrais ajouter à ma liste « Meghan contre Jennifer » !

« Désolée Jennifer, Meghan doit maintenant travailler sur son compte rendu de livre » me dit Mme B, après des minutes de querelles entre mère et fille (cela m'a toujours surpris de voir comment Meghan pouvait discuter avec sa mère, moi si j'essayais même de « parler » à la mienne, j'aurais eu de sérieux problèmes).

« D'accord, mais Mme B ? » ai-je demandé.

« Oui, chérie ? »

« Êtes-vous relié à quelqu'un nommé Rayne Benjaminson ? »

« Oum… peut-être devrais-tu demander à mon mari plus tard. Il devrait savoir, parce qu'après tout ce serait du côté de sa famille. Il est au travail. Mais maintenant…Devrais-je te donner son numéro de travail ? »

« Oui, s'il vous plaît, mais je préfère ne pas avoir son numéro ; peut-être le numéro du Secrétaire pour que je puisse lui laisser un message à la place ? »

Mme B m'a donné le numéro du secrétaire de M. B et nous avons raccroché. Je l'ai appelée et j'ai laissé un message demandant à M. B. de me rappeler.

M. Benjaminson est propriétaire d'une grande société immobilière à Westchester et il est un homme très occupé. M. B est toujours occupé. Il n'est pas le genre d'homme qu'il faut déranger quand il s'agit de ses affaires. M. B est probablement l'homme le plus cool quand il ne travaille pas.

Je me souviens une fois, quand mes parents sont allés à Orlando pour célébrer leur 18e anniversaire de mariage pendant une semaine (j'avais environ neuf ans à l'époque) tandis que Martin et moi étions restés avec les Benjaminson. Un jour, Mme B est allée à l'épicerie avec Martin, et bien qu'elle doive revenir avant que M. B aille travailler, elle a été prise dans la circulation (ce qui est un problème quotidien ici à Miami). Donc, parce que Meghan et moi étions trop jeunes pour être seuls, nous n'avions pas d'autre choix que d'aller au travail de M. B.

Nous avons dû attendre longtemps dans ce qui était probablement le lobby le plus ennuyeux du monde. Tout ce qu'ils avaient, c'était une télévision qui ne faisait que jouer les nouvelles, quelques chaises, un distributeur rempli de bonbons, et un secrétaire grossier qui nous ignorait littéralement alors que nous nous demandions si nous pouvions changer la chaîne de télévision.

Donc, nous sommes allés innocemment dans le bureau de M. B sans frapper et nous avons demandé des pièces de monnaie pour obtenir des bonbons de la machine de vente. Nous avons également demandé si nous pouvions avoir la télécommande pour changer la chaîne de télévision. M. B nous a alors lancé un tas de pièces de monnaie et nous a crié dessus, « Sortez de mon bureau ! Vous ne voyez pas que je suis occupé ? ». Bien sûr, étant âgés de neuf ans, nous avons quitté son bureau en pleurant, mais après, il nous a présenté des excuses plus d'une douzaine de fois et nous a apporté des coupes de crème glacée.

Quoi qu'il en soit, si Meghan était vraiment liée à mon auteur préféré, ce serait épique ! Bien que, je ne risquerais jamais de me faire crier par M. B. juste pour cette information précise. J'ai plusieurs histoires bouleversantes de M. B et elles n'ont jamais été bonnes. Toutefois M. Benjaminson était un gars plutôt cool, mais je ne voudrais jamais le contrarier.

Samedi 4 janvier 1992

Cher Rayne Weaver,

Je sais que c'est la deuxième lettre que je vous envoie, mais cette fois, pourriez-vous m'envoyer une VRAIE réponse, à cette lettre que je vous ai envoyée le 1er janvier ? Cela ne veut pas dire que l'autre lettre était fausse, mais il semble que cette lettre en était un générique pour répondre au courriel d'admirateur. J'ai également remarqué qu'il semble avoir une information incorrecte selon votre autobiographie la plus récente. Peut-être que vous pourriez envisager de créer une lettre d'admirateur à jour, donc c'est courant. Cela tiendrait vos admirateurs informés de vos dernières réalisations.

Aujourd'hui, j'ai découvert que vous pourriez être relié à un de mes amis. Peut-être la connaissez-vous ? Meghan Benjaminson ? Elle prétend ne jamais vous avoir rencontré, mais peut-être avez-vous entendu parler d'elle ? Le nom de son père est M. Anderson Benjaminson (j'aime l'appeler M. B). Puisque j'ai reçu votre réponse si rapidement, je crois que vous pourriez vivre à MIAMI !! Je vis à Miami aussi ! Peut-être que je peux vous rencontrer un jour! DOIGTS CROISÉS ! VEUILLEZ RÉPONDRE !!

Jennifer Chevrolet

Ce matin-là, je me suis réveillée de bonne heure (j'ai brossé mes cheveux endormis) et j'ai rencontré mon père en bas parlant à M. B du récent match de football (M. B,

mon père et Martin étaient tous d'énormes admirateurs de football).

« Oui », dit M. B. quand je lui ai parlé de la lettre, « Rayne est ma jeune sœur, la plus jeune de la famille ».

« Wow, c'est tellement cool, monsieur Benjaminson ! » Me suis-je exclamé ? J'essayais de retenir mon excitation, mais à ce moment-là, cela semblait impossible.

« Oui, elle est » a-t-il mâché ?

« Ça fait un moment que nous ne nous sommes parlé, mais je sais que la dernière fois que nous avons parlé, elle a dit qu'elle déménageait à Miami. Son mari travaille sur le marché immobilier comme moi ».

« Meghan l'a-t-elle rencontrée ? »

« Pas vraiment, elle est venue à la babyshower de Meghan, mais elle était trop petite pour se souvenir d'elle ».

« Oh wow ! Je ne peux pas croire que Meghan soit reliée à une célébrité ! »

« Eh bien, je ne dirais pas célébrité, mais c'est correct si tu la considères de cette façon. Je suis toujours heureux de voir l'un des nombreux admirateurs de ma petite sœur » a déclaré M. B.

Mon père, qui écoutait la conversation, m'a tapé sur l'épaule et M'a dit : « N'as-tu pas des devoirs à faire ? ». J'ai fait un clin d'œil.

Mon père voulait probablement continuer son argument agressif passif avec M. B au sujet de celui qui soutenait la meilleure équipe de football, alors j'ai dit à M. B que je devais aller dans ma chambre. Temps de travail. Grand.

J'ai gémi en regardant mon bureau qui avait deux feuilles de questions à double face sur le livre que nous étions censés lire pendant les vacances de Noël.

Mme Sanicharan mon professeur d'anglais et homeroom était probablement l'une des meilleures enseignantes de la ACG (L'Académie de Coconut Grove), mais je n'ai pas aimé le fait qu'elle nous a donné des devoirs pendant les vacances. Je veux dire que ce devait être nos vacances !

La partie que je n'aimais pas le plus au sujet de ces devoirs était que je ne pouvais pas choisir l'histoire pour écrire mon rapport de livre. Chaque élève a reçu un livre de fiction différent, et j'ai reçu « La Passion du tournesol », écrit par un homme nommé Rick Finkle (nom bizarre, n'est-ce pas ?!).

C'était une belle histoire inspirante, mais pas amusante de lire du tout, d'autant plus que j'étais obligée de la lire au moment où je voulais juste me détendre et profiter de mes vacances.

J'aurais préféré les livres de Rayne Weaver, vu que la plupart de ses livres étaient de vraies histoires de son enfance. Non pas que je n'aimais pas les livres de fiction ; je préférais juste des livres que je pourrais rattacher à un niveau plus réaliste.

Même si je voulais obtenir un livre de Rayne Weaver et que mon livre de fiction était ennuyeux, j'ai fait mes devoirs. Tout ce que nous avions à faire était d'écrire un rapport et de répondre à quelques questions sur la feuille de devoirs.

Dimanche 5 janvier 1992

Cher lecteur,

Merci pour la gentille lettre. Je l'apprécie sincèrement ! Permettez-moi de vous parler un peu de moi. Le prénom est Rayne Benjamison (comme vous le savez probablement déjà)...

« Argh ! » J'ai gémi.

C'était un dimanche chaud et ensoleillé à Coconut Grove, Miami, Floride. J'avais promis à Meghan que la

prochaine fois que j'aurai reçu une lettre de Rayne Weaver, je l'ouvrirais avec elle. Donc, après le service de l'église (nos familles vont à la même église, et ce, tous les dimanches), Meghan m'a invité à sa maison pour sortir pendant quelques heures.

Je suis allée dans la famille Benjaminson presque toutes les semaines. C'était presque comme une deuxième maison. La maison de Meghan était immense ! Il y avait cinq chambres (dont certaines n'étaient même pas utilisées), deux bureaux, deux salles à manger, une piscine extérieure, et plus encore ! J'ai adoré aller chez eux ! La chambre de Meghan était une chambre que toutes les filles mourraient d'envie d'avoir, Meghan avait un grand lit (avec près d'une douzaine d'oreillers), une vanité (qu'elle n'utilisait même pas parce qu'elle n'était pas encore autorisée à porter de maquillage), un dresseur, une pièce-penderie et un balcon ! Vous pouvez croire que sa chambre était la chambre principale. Mme

B a décoré toute la chambre de Meghan et n'a pas laissé Meghan faire ses propres décorations. La chambre de Meghan était très rose et très fillette – ce que Meghan détestait parce qu'elle n'aimait pas la couleur rose. Personnellement, si ma chambre était comme celle de Meghan, je ne voudrais jamais la quitter. Bien sûr, Meghan pensait qu'il était trop rose, mais ça ne me dérangeait pas beaucoup. Meghan a eu la chance que son père ait gagné tant d'argent pour pouvoir se permettre tout cela ! Si j'étais elle, j'aurais été reconnaissante.

Immédiatement après que Meghan et moi ayons revu la lettre, je lui ai parlé de la conversation que j'ai eue avec son père samedi.

« Qu'est-ce qu'est ? » s'exclama-t-elle,« Je suis reliée à un auteur ?! Pourquoi est-ce qu'il ne m'a pas dit ! »

Une étincelle d'envie s'est envolée de moi. Par moments, il me semblait juste que Meghan avait tout. Je détestais me sentir envieuse par envers elle ou de n'importe qui vraiment, mais parfois je ne pouvais pas m'en empêcher.

« Bonjour ? Terre à Jen ? » taquine Meghan avec un rire malicieux.

« Oh, désolée Meg ! Je rêvais » je riais, « Je ne peux pas croire que vous êtes lié à Rayne Weaver ».

« Oui, et désoler pour ta lettre », s'excusa-t-elle.

« Je suppose que Benjaminson était son nom de famille avant de se marier – je me demande si ton père a assisté à son mariage ».

« Il l'a probablement fait, pourquoi ne pas lui poser la question ? » a offert Meghan, saisissant ma main.

Meghan m'a traîné dans le bureau personnel de M. B et nous sommes entrées sans frapper. J'avais peur que M. B n'apprécie pas une telle chose, mais encore une fois, il s'agit de la « maison », et non du lieu de travail officiel à Westchester.

Nous sommes entrées dans le bureau de M. B et Meghan lui a dit que j'avais encore quelques questions à poser au sujet de Rayne Weaver.

Alors que je bombardais M. B de questions pendant qu'il travaillait sur son ordinateur, il nous a avoué qu'il n'était pas vraiment proche de sa sœur et que, pour la plupart des enfants, ils ne s'entendaient pas vraiment. Il nous a dit, cependant, que Rayne était plus proche de son autre frère, Phil (l'oncle de Meghan). M. B nous a raconté comment sa jeune sœur et son frère aîné avaient l'habitude de faire beaucoup de méfaits ensemble. D'autre part, M. B était plutôt un solitaire et un ver de bibliothèque. M. B nous a donné le numéro de son frère Phil afin que nous puissions l'appeler. Alors que nous montions à l'étage, j'ai demandé à Meghan (probablement pour la 100e fois) : « Es-tu sûr que tu ne te souviens pas d'elle quand tu étais bébé ? »

En guise de réponse, Meghan a roulé ses yeux. J'ai reçu le message. Qui se souvient de quelqu'un de quand ils étaient bébés ?

« Regarde ! Combien de fois ai-je besoin de te le dire ? Je ne la connais pas ! Je ne me souviens pas d'elle ! Je ne me souviens pas de l'avoir rencontrée ! Comment un bébé d'une semaine peut-il se souvenir de quelqu'un ? Est-ce même possible ? » a murmuré Meghan dans la frustration.

L'un des défauts de Meghan était qu'elle se fâchait facilement.

« Aimerais-tu appeler ton oncle ? » J'ai demandé, espérant changer le ton de la conversation avant que nous ayons une dispute.

« Non… Peut-être un autre jour, j'ai une meilleure idée » a répondu Meghan.

Elle regarda sous son oreiller et trouva deux morceaux de gomme. Meghan cachait des bonbons dans sa chambre. Sa mère était très particulière et prudente de ne pas laisser sa fille se livrer à manger des bonbons. Elle serait énervée si elle découvrait que Meghan mangeait toutes ces friandises tous les jours. D'une part, elle s'inquiétait pour la santé de Meghan pour qu'elle ne devienne pas obèse ni qu'elle n'ait pas des cavités.

« Pourquoi ne veux-tu pas appeler ton oncle ? » ‹Ai-je demandé alors que je soufflais un morceau de gomme dans ma bouche ?

« C'est un fou ! La dernière fois qu'il a appelé pour dire bonjour pour mon neuvième anniversaire, il a dit qu'il n'assisterait pas à ma fête d'anniversaire parce qu'il craignait les ballons et des cirques ! ».

« Ballons et cirques ? » me suis-je exclamée en riant.

« Je comprends que les clowns du cirque sont rampants, mais pas les ballons », a dit Meghan, « Mais écoute, voici mon idée. Nous pouvons aller voir où Rayne Weaver vit, par nous-mêmes».

« Quoi ? Sais-tu à quel point Miami est grand ? Ça nous prendrait des jours de recherche ! » ai-je souligné. « De

Plus, pourquoi allons-nous la chercher alors que nous pourrions simplement demander à ton père son adresse à Miami ? ».

« Veux-tu la trouver ou pas ? » Meghan m'a défié. Incertaine, j'ai crié.

Je voulais vraiment rencontrer Rayne Weaver face à face. Comme elle n'avait apparemment pas l'habitude de répondre au courrier de son admiratrice, la rencontrer en personne serait la voie à suivre. J'avais tellement des questions à lui poser, et une rencontre en face à face était exactement ce dont j'avais besoin. Mais je n'étais pas prête à me perdre dans une grande ville simplement pour la trouver, et j'en ai dit autant à Meghan. J'ai pensé que ce serait plus sûr de débuter avec son oncle Phil ou peut-être le papa de Meghan. J'ai supposé qu'ils sachent exactement où Rayne vivait, cela nous sauverait du temps et de la peine d'essayer de la retrouver nous-mêmes. Miami est une métropole si grande qu'elle pouvait facilement « consommer » deux jeunes de douze ans qui ne savaient pas où regarder.

« Allons voir ton oncle Phil », dis-je à Meghan.

« Cette option est plus sûre »,m'a prévenu Meghan, alors qu'elle se dirigeait vers son téléphone

« N'importe quoi » a réagi Meghan après avoir appelé la première fois sans recevoir de réponse. Puis la deuxième fois, et il a répondu.

B « Désolé ! Je pensais que c'était l'agence secrète qui essayait de me sortir de l'entreprise agricole ! » dit-il à l'instant où il a répondu.

Meghan et moi avions nos oreilles proches du téléphone pour que nous puissions l'entendre en même temps. Meghan m'avait informé avant qu'elle ne téléphone qu'il vivait en Alabama et parlait avec un accent sud-américain. Il a grandi à Coral Gables avec Rayne Weaver et M. Benjaminson, alors elle a dit que c'était un accent faux. J'étais stupéfaite de le constater, mais qu'il fût si naturel.

Meghan m'a lancé son regard : « Je te l'avais dit ! », mais je l'ai ignorée et j'ai continué à écouter M. Phil. Il semblait un peu maladroit, mais je l'aimais.

« Au moins que vous deux essayiez de me sortir de l'entreprise agricole… Comment puis-je t'aider ? » demanda-t-il.

« Salut, oncle Phil, c'est moi, ta nièce Meghan », lui dit Meghan.

« Meghan le cochon ? Ou Meghan l'enfant ? Tu sais que j'ai un cochon nommé Meghan. J'ai nommé cette mignonne petite chose après que ma mignonne petite nièce Meghan soit née ».

Je ne pouvais m'empêcher de lâcher un petit coup alors que Meghan roulait les yeux.

« C'est moi, Meghan ! Ta nièce ! » répondit-elle haut et fort. Elle était clairement irritée que son oncle ait donné le nom qu'elle a un porc après sa naissance.

« Aïe ! Je viens d'obtenir cette prothèse auditive réparée il y a trois jours, après que mon coq, animal de compagnie a chanté dans mon oreille ! » a-t-il grincé.

Meghan a fait un geste pour que je prenne la parole.

MA VIE À MIAMI

« Bonjour, je m'appelle Jennifer, et je suis la meilleure amie de Meghan » me suis-je présentée. Meghan a crié au téléphone, en accord avec mon utilisation du mot « meilleure amie ». Puis, pour une raison quelconque, la ligne s'est coupée. Il a raccroché ! Tant pis pour oncle Phil !

Lundi 6 janvier 1992

Je me suis réveillée ce matin-là, extatique puisque c'était un jour férié, l'Épiphanie, ce qui voulait dire pas d'école. Cela m'a donné plus de temps pour faire beaucoup plus de recherche sur Rayne Weaver avant l'école le lendemain.

Je me suis résolue à être productive. Je me suis levée tôt, j'ai préparé des crêpes, j'ai effectué des travaux ménagers et j'ai écrit une autre lettre à Rayne Weaver.

Cher Rayne Weaver,

C'est moi, Jennifer. Je sais que je vous ai envoyé beaucoup de lettres récemment. Je n'essaie pas de vous ennuyer ou de vous faire perdre votre temps. Je veux vraiment que vous sachiez que je suis vraiment une grande admiratrice de votre travail ! Je vous serais reconnaissante de bien vouloir répondre à ma lettre. S'il vous plaît !

Jennifer Chevrolet

En relisant ma lettre, j'ai crié de joie. Rayne Weaver aurait juste à y jeter un coup d'œil parce qu'elle était brève. Je l'ai placée avec impatience dans notre boîte aux lettres. Il était maintenant temps de se rendre chez Meghan. J'envisageais de rechercher sa tante partout dans Miami, mais d'abord je voulais voir si nous pouvions obtenir une adresse directe de M. B.

Malheureusement, ma mère m'a arrêté alors que je m'apprêtais à entrer dans le garage pour récupérer mon vélo. Que voulait-elle cette fois ? J'avais déjà terminé toutes mes tâches pour la journée !

« Où vas-tu, maintenant ? » demanda-t-elle.

« Je vais chez Meghan » lui expliquais-je.

« N'étais-tu pas allée chez elle la veille ? » dit-elle pendant qu'elle touchait son menton avec son doigt.

« Oui... Quelle est la grosse affaire ? »

« Tu es soudainement si obsédée par les Benjaminson, que tu ne privilégies plus le temps précieux passé avec ta propre famille » s'est plaint ma mère. « C'est pourquoi nous avons TLF aujourd'hui ! »

« TLF ? » ai-je répété par confusion.

« Le temps des liens familiaux » explique-t-elle, « c'est si triste que tu ne t'en souviennes pas. Cela fait si longtemps que nous ne l'avons pas fait ».

J'ai essayé de réfléchir à ce que TLF était, mais je ne pouvais pas. Nous avons regardé un film Disney sur une princesse (la belle et la bête). Je feignais de ne pas aimer le film pour que ma mère se sente mal parce qu'elle m'a refusé la possibilité d'aller chez Meghan.

J'ai contacté Meghan après le film pour demander si je pouvais encore venir, mais elle a dû décliner parce que sa mère a déclaré que nous avions déjà accroché la veille, et Meghan a dû se préparer pour l'école. Les deux mères semblaient s'être parlé, mais je savais qu'elles ne l'avaient pas fait. Ils avaient simplement la même mentalité. Parents !

J'allais raccrocher jusqu'à ce que Meghan dise brusquement

« Nouvelle alerte étudiante ! »

« Hé ? »

« Tu m'as entendu » se moqua fort Meghan.

« Wow ! Vraiment ? Attends. Qui ? »

« Une fille nommée Talia » dit Meghan d'une voix sournoise.

« OK ? Qu'est-ce qui est si spécial avec elle ? » ai-je demandé. Pourquoi Meghan agissait-elle avec tant de suspicion ? Que se passait-il ?

« Son nom de famille… » a commencé Meghan lentement.

« OK ? Quel est son nom de famille ?! » ai-je demandé, je commençais à perdre patience.

« Weaver ! » Meghan a dit (enfin). « Talia Weaver… C'est impossible que ce soit juste une coïncidence ».

Weaver… Weaver… Rayne Weaver… Talia

WEAVER !!! Oh, bonté divine ! Était-ce possible ? Je me suis immédiatement rendu compte que cette étudiante Talia pourrait être liée à Rayne Weaver ! Je pouvais sentir mon cœur sortir de ma poitrine ! J'étais sans voix. J'étais stupéfaite, perplexe et ravie en même temps.

J'allais demander plus d'informations, mais Meghan a rapidement terminé l'appel avec « M'Kay, je vais y aller maintenant ! Bye ! ».

Classique Meghan. Toujours vous laissant en suspens ! Pas maintenant ! Vraiment ? Juste quand elle m'a donné des nouvelles si fantastiques, et puis elle est partie ! Oh bien ; sans devoir appelé. Je ne pouvais pas attendre notre prochaine réunion pour parler davantage de la nouvelle étudiante.

Rayne Weaver était mon auteur préféré, et j'étais déterminée à apprendre tout ce que je pouvais sur elle parce que… J'ai eu cette idée assez incroyable il y a quelques semaines d'écrire un article de magazine sur Rayne Weaver. Je n'avais pas encore décidé de tous les détails, mais j'étais intriguée par la perspective d'écrire un essai biographique sur elle pour l'un des magazines les plus populaires de Floride.

Le magazine Projet Auteurs était le magazine qui s'intéresse à des tels sujets. Ils ont lancé un défi biographique annuel dans lequel les étudiants âgés de 13 à 16 ans ont produit un rapport biographique sur leur auteur préféré ou quelqu'un qui les a inspirés. Les éditeurs du magazine choisiraient alors un gagnant, et l'article biographique du gagnant serait publié.

Le gagnant obtiendrait également un prix de 10 000 $ (dix mille dollars !). Je voulais vraiment utiliser cet argent pour aider ma famille à acheter une nouvelle maison en banlieue ; ce serait un excellent moyen pour nous de sortir de notre ancien complexe en copropriété. Mes parents ont constamment parlé d'essayer d'acheter une nouvelle maison, mais ils n'ont jamais été en mesure de le faire en raison de l'argent qu'ils ont dépensé pour l'éducation de Martin et moi, et bien d'autres choses. Mes parents ont fait plusieurs sacrifices pour assurer notre avenir, mon frère et moi, et je leur devais de gagner l'argent.

Même si je n'avais que douze ans, j'aurais treize ans en février. Je voulais rassembler toutes mes recherches et préparer mon essai en avance. Pour cette raison, j'essayais d'en apprendre plus sur Rayne Weaver depuis un certain temps. Je ne savais pas pourquoi je n'en avais pas parlé à Meghan. Je n'ai simplement pas vu pourquoi j'aurais dû, et je craignais qu'elle dise aux autres, ce que je ne voulais pas faire.

*****

Quelques heures après la douce nouvelle de Meghan concernant la nouvelle fille, j'ai reçu un appel amer de quelqu'un avec qui je ne voulais pas nécessairement avoir une conversation.

Pour comprendre pourquoi je n'ai pas trouvé cet événement si doux, Vous devez comprendre ce qui s'est passé. Il s'agit d'un groupe. Il est connu sous le nom de « La clique populaire » nommé d'après le fait qu'ils étaient « populaires », extrêmement extraordinaire, et reines de l'univers entier (une énorme affaire). Meghan et ses « spéciaux » amies comprenaient Charlotte Riehl, Rosalyn Smith, Emerald Humphrey et ma frénésie ; Skye Murray (Pouah !). Meghan

Benjaminson, ma meilleure amie actuelle, était à la tête de Le It Clique. Parce que j'étais la meilleure amie de Meghan, j'ai été magiquement acceptée dans Le It Clique. Je n'étais pas amie avec les autres filles, mais je faisais partie de la clique parce que j'étais amie avec Meghan. Certains d'entre eux ne voulaient pas toujours de moi (par exemple Skye), mais elles ne pouvaient rien faire puisque j'étais l'amie de Meghan.

Meghan était de loin la fille la plus populaire dans notre école (au moins en septième année), et c'est elle qui a proposé le concept pour le groupe. Si Le It Clique était une monarchie, Meghan serait la reine régnante, Skye serait son premier ministre/conseiller principal, et les autres seraient les membres du conseil. Tous les élèves serviraient de sujets. L'école a servi de résidence royale. Nous avons dominé le monde ! Les seuls individus qui nous ont empêchés de diriger complètement l'école étaient les instructeurs et le directeur.

C'était excitant d'être lié à La clique populaire, mais je me sentais en grande partie comme une étrangère (outsider). Meghan était la seule raison pour laquelle j'ai passé du temps avec le groupe. Selon moi, les autres filles n'étaient que des « copines de Meghan », et Skye était et avait toujours été mon « ennemie ».

J'ai toujours eu un conflit personnel avec Skye – vous comprendrez pourquoi dans une seconde – afin que vous puissiez imaginer ma surprise quand j'ai reçu un appel ce jour-là de la part de l'une et de la seule Skye Murray !

« Hé, Jenny », m'a-t-elle saluée quand j'ai décroché le téléphone.

Reconnaître la voix de Skye était aussi facile que lier une chaussure.

Pour commencer, Skye était la seule personne sur la terre qui m'appelait « Jenny » – et elle était bien consciente que je n'aimais pas être appelée « Jenny ». Deuxièmement, la voix de Skye était calme et sans expression (presque monotone), pourtant ce qu'elle disait était presque incroyable… Mensonges… Critique… Presque tout ce qui peut être négatif auquel vous pouvez penser !

Des personnes empoisonnées que je n'avais jamais rencontrées. Je n'avais aucune idée, comment Meghan pouvait l'appeler une amie. Elles ont grandi ensemble et avaient été amies depuis la maternelle, mais Meghan aurait dû la lâcher il y a longtemps puisqu'elles étaient complètement incompatibles.

« Salut, Skye », j'ai pris une profonde respiration et lentement expiré, ne sachant pas à quoi m'attendre. « Comment puis-je vous aider ? »

« Juste pour que vous me reconnaissiez demain, mardi, je veux que vous sachiez que j'ai teint mes cheveux blonds, tout comme ceux de Meghan ! » s'est-elle vantée, « Je l'ai obtenu du salon de coiffure fantaisie où Meghan se fait tailler les cheveux ».

J'ai soupiré et roulé les yeux. Skye était l'individu le plus égocentrique sur la terre. Elle avait toujours voulu s'approcher de Meghan (comme moi), mais pour de mauvaises raisons. Skye était déterminée à déstabiliser la monarchie et détrôner Meghan se faisant passer pour la fille la plus populaire de notre école. Elle voulait commencer par devenir la meilleure amie de Meghan. Cela impliquerait de me retirer de ce poste, car j'étais la meilleure amie de Meghan. Il n'y avait aucune façon que j'allais laisser cela se produire.

« C'est super, Skye », disais-je d'une fausse joie dans la voix.

« Je sais, et je pense le faire pénétrer. Que pensez-vous ? Oh attends – j'ai l'air fabuleux en tout ! »

« Skye, y avait-il une raison importante pour laquelle tu m'as appelé ? » ai-je demandé ennuyée. J'arrivais sérieusement au point de raccrocher.

« Oh, oui ! Alors, Meghan m'a dit qu'elle a parlé à son père de la nouvelle fille Talia qui est apparemment la fille de Rayne Weaver » a ri Skye

, « Qui est Rayne Weaver de toute façon ? »

Wow, pourquoi Meghan ne m'a-t-elle pas dit ? Nous venions d'en parler quelques heures auparavant.

« Attendez – quand vous l'a-t-elle dit ? » Ai-je interrogé Skye.

« Euh – ce matin ? Elle m'a appelé quand elle s'est réveillée » a déclaré Skye.

J'ai laissé Skye parler de sa belle vie pendant quelques instants pendant que je me demandais étonnamment pourquoi Meghan ne m'avait pas parlé de cette information critique. Elle savait très bien que je serais intéressée d'en apprendre plus. Pourquoi ne m'a-t-elle pas informé ? C'était un mystère pour moi.

Skye et moi terminons notre conversation (qui consistait simplement à ce que Skye parle de ses récentes vacances à Hawaï), jusqu'à ce qu'elle dise : « Oh oui, ne dis pas à Meghan que je t'ai parlé (d'ailleurs), de la nouvelle fille ».

« Hé ? Pourquoi ? »

« Je ne sais pas, je ne pense pas qu'elle voulait que je te dise, quelque chose à propos de cela. Elle était tellement secrète à ce sujet ».

Meghan avait quelques explications à donner.

Mardi 7 janvier 1992

C'était mon premier jour de retour à l'école après les vacances, et j'avais hâte d'en apprendre plus sur Talia. Je suis allée à la maison de Meghan incroyablement tôt pour obtenir plus d'informations d'elle parce qu'elle ne m'a rien donné l'autre jour. J'ai laissé une lettre à mon père, l'informant que je serais chez de retour à temps pour qu'il me dépose à l'école ; mes parents n'étaient pas à l'aise avec le fait que Martin et moi prenions l'autobus scolaire.

J'allais affronter Meghan sur le fait qu'elle ne m'a pas dit que Talia était en fait sa cousine. Je veux dire, pourquoi l'avoir dit à Skye, alors que c'était censé être quelque chose entre elle et moi. Une partie de moi voulait croire que Skye mentait, mais un autre côté de moi savait qu'elle ne l'était pas. Si elle savait que c'est un auteur. Elle savait trop d'informations pour qu'elle soit menteuse, c'était probablement l'une des premières fois que Skye ne me mentait pas.

Bien que je projette d'affronter Meghan, je voulais lui donner une chance de me dire que Talia était sa cousine. Peut-être qu'elle n'a pas eu la chance de le faire, alors elle a dit à Skye de me le dire… cela me dépassait, pourquoi dans le monde dirait-elle d'abord à Skye, sachant à quel point c'était important pour moi ?

Je suis allée à la maison de Meghan et j'ai sonné deux fois.

« Oh, ma bonté ! Je viens ! Calme » ai-je entendu Meghan gémir à travers la porte « Qui rend visite aux gens à 7 heures du matin ?! ».

Je me sentais mal de venir si tôt le matin, mais c'était sa faute parce qu'elle aurait tout simplement pu m'appeler pour me faire savoir que Talia était sa cousine.

« Jen ? » Meghan frotta les yeux et me regarda de haut en bas. Elle regarda la montre au poignet « Il est 7 h 16 ! Nous avons l'école, vous savez ! Tu ne m'as pas dit que tu venais ».

« Je sais, je sais ! J'ai juste besoin d'en savoir plus sur la nouvelle fille à l'école » ai-je dit, « Y va-t-il quelque chose que vous savez d'elle ? ».

Meghan m'a regardé pour ce qui semblait être un long moment, puis a dit : « Non, rien que le fait que son nom est Talia Weaver ».

« Vous êtes sûr ? »

« Oui, je suis sûre que Jennifer » a dit Meghan, en roulant fortement des yeux.

« D'accord, mais Skye m'a appelé hier et me l'a dit. »

« Jennifer, pouvez-vous simplement lâcher ? Je ne sais rien. N'est-ce pas suffisant pour vous? »

Menteuse. Je ne pouvais pas croire que Meghan venait de me mentir en plein visage ! Elle était ma meilleure amie. Comment pourrait-elle le faire ? J'étais en colère contre elle et j'étais surtout déçue et insatisfaite au point d'être bouleversée que Meghan se soit servie de Skye comme une couverture.

Meghan a tendu sa main vers la porte (indiquant qu'elle voulait que je parte), et je sentis un sentiment étrange l'intérieur.

« Attends – Meghan, êtes-vous en colère contre moi ? »

« Non, juste pas dans l'humeur en ce moment. Adieu ».

J'ai quitté sa maison sans dire un mot. J'avais un malaise que Meghan et moi allions traverser un obstacle d'amitié, et le sentiment… Ça me rendait malade à l'intérieur.

MA VIE À MIAMI

Mon père était un peu contrarié que je me sois rendue si tôt à la maison de Meghan, mais j'ai pu arriver à l'école à temps.

C'était le premier jour de retour à l'école après les vacances et de décider si j'étais impatiente ou tendue au sujet de cette journée. Elle était plus difficile qu'une question d'algèbre à trois chiffres. J'étais impatiente de rencontrer Talia, mais nerveuse de faire face à Meghan étant donné la situation bouleversante qu'on venait de vivre. Le mécontentement de Meghan envers vous n'était pas une bonne nouvelle.

Je me suis promené dans la cour de l'école pour voir Le It Clique tout entouré dans un grand cercle. En marchant vers eux, intéressée de découvrir de quoi ils parlaient, j'ai remarqué qu'ils ont immédiatement cessé de parler.

« Hé les gars ! De quoi parlez-vous ? » Ai-je demandé curieusement.

« Rien » ne dit Meghan, secouant sa tête dans ma direction, elle a vite regardé toutes les filles, « Regardez la nouvelle fille ».

Il était facile de repérer qui était Talia. Elle ne portait pas son uniforme d'école, donc elle s'est vraiment distinguée.

Elle était assise tranquillement sur un banc à quelques mètres de nous, dessinant sur un carnet de notes et écoutant de la musique sur son Walkman.

« Pouvons-nous lui parler ? » Ai-je demandé avec enthousiasme ?

« Je veux dire – tu peux si tu veux », me dit Skye d'un ton rock dans sa voix.

« Nah – je veux aussi voir ce qu'elle est », a interjeté Meghan, « Pour tout ce que nous savons, elle pourrait faire un bon ajout à La clique populaire ».

« Avons-nous vraiment besoin de nouveaux membres ? » murmura Skye sous son souffle.

« Oui, nous en avons besoin », ai-je répondu calmement, me retournant pour la regarder. Elle m'a collé la langue, tandis que je souriais.

J'ai couru devant le groupe pour être le premier à rencontrer la fille de Rayne Weaver en personne.

« Salut ! » l'ai-je saluée en marchant vers elle, « Êtes-vous nouveau ici ? »

« À quoi ça ressemble ? » dit-elle, me regardant de haut en bas.

Geez. Elle ne me connaissait même pas, mais elle avait déjà une attitude.

« Oh oui, désolée, juste une question rhétorique ».

J'étais tellement tentée de lui poser des questions sur Rayne Weaver, mais ce serait juste bizarre de se lever dans son entreprise sans même la connaître bien.

« Hé » a salué Meghan quand elle et Le It Clique ont marché dessus « Talia, non ? »

« Dans la chair », répondit-elle sans regarder vers le haut de son dessin.

Meghan a déclaré : « Belle tenue », j'ai presque senti que Talia avait la même attitude sarcastique qu'elle avait (mais un peu plus intense).

Talia a regardé et scanné chacun de nous, l'un après l'autre.

« Laissez-moi deviner, vous êtes les filles populaires, et elle est l'abeille reine ? » rit Tallia en pointant vers Meghan.

« Ne m'appelez plus jamais une reine d'abeille, jamais plus » l'avertit

MA VIE À MIAMI

Vivement Meghan.

Puis Meghan m'a regardé avec un regard qui en dit long, puis retourna ver la clique populaire.

« Eh bien », dit-elle à Talia, « Si vous voulez rester avec nous, vous êtes la bienvenue… une fois que vous changerez d'attitude ».

« J'adore ton dessin, soit dit en passant » complimentai-je.

« Meh – c'est moyen », a dit Skye. J'ai tiré sur Skye un look sale.

« C'est impressionnant, vous devriez rejoindre le club d'art », a dit Meghan, en tournant les yeux sur Skye.

Oui ! Meghan est de mon côté maintenant. J'ai broyé chez Skye, mais elle ne regardait même pas dans ma direction. Haha !

Avant que Talia ne puisse répondre, la cloche sonna, et nous nous précipitâmes tous dans nos salles de classe. Emerald avertit Talia qu'il valait mieux aller en classe rapidement, et elle le fit. Sans même nous dire au revoir, elle a pris ses choses et est partie.

Je suis entrée dans la salle de classe et j'ai remis mon rapport de livre complété, « Ceci semble super Jennifer ! Continuez le bon travail ! » a dit Mme Sanicharan quand j'ai placé mon papier sur son bureau.

« Merci ! » Lui ai-je répondu avec sourire.

J'ai été soulagée que Mme Sanicharan soit contente de moi. Mes parents étaient très exigeants à l'égard des études universitaires, donc j'ai fait un point pour obtenir au moins un A- dans chaque sujet. Cela a aussi aidé à être du bon côté de Mme Sanicharan, parce que vous n'avez jamais su si elle a attribué des notes négatives aux étudiants qui n'ont pas fait leurs devoirs ou mal vus dans notre classe. Je ne voulais pas courir le risque avec elle.

J'ai pris place, m'attendant à ce que ce soit une journée habituellement ennuyeuse à l'école, jusqu'à ce que je voie Talia marcher dans la salle de classe.

Talia Weaver était essentiellement l'homologue plus calme de Skye (mais elles ne se ressemblaient pas). Elle avait la même expression sérieuse que Skye, de profonds yeux noisette, quelques rousseurs brunes, des cheveux bruns très bouclés dans une tresse française et un teint brun caramel.

Elle portait un pantalon bleu, un pull orange et des chaussures blanches au lieu de son uniforme d'école. Elle se tenait derrière Mme Sanicharan devant la salle de classe, les mains dans ses poches.

Vous ne pouviez pas dire si Talia était heureuse ou malheureuse, si elle était amusée ou ennuyée, si elle était incertaine ou confiante. Ses expressions faciales et son langage corporel rendaient difficile de savoir comment elle se sentait.

Il était fascinant qu'elle ait pu dissimuler toutes ses émotions de cette façon. J'étais curieuse de savoir ce qu'elle pensait… Peut-être le prochain livre de sa mère (Rayne Weaver) ? Quoi d'autre ?

« Classe ? » Mme Sanicharan a interrompu mes pensées. Elle a posé une main sur l'épaule de Talia : « C'est Talia Weaver. Elle se joindra à nous dans notre classe pour le reste de cette année scolaire. Aidez-la à se sentir chez elle ».

Talia n'a pas réagi, elle s'est juste tenue là, ne fournissant aucun contact visuel avec personne.

« Aimeriez-vous vous présenter, Talia ? » a demandé gentiment M/S.

« Non merci » a répondu Talia en blanc.

Il était évident que Mme S. a pris la réponse de Talia comme une surprise, alors elle nous a demandé de lui poser quelques questions sur elle-mêmes.

« D'où es-tu partie ? » demanda Carolyn (une vieille amie).

Autant que je voulais prendre des notes (dont j'avais besoin pour ma recherche), je savais que je ne pouvais pas parce que ce serait bizarre.

« Orlando » a dit Talia. Par la façon dont elle a répondu, je pouvais comprendre qu'elle ne voulait pas qu'on lui pose toutes ces questions personnelles sur sa vie.

« Avez-vous des frères ou sœurs ? » demanda un autre étudiant.

« Ouais ».

Wow, Talia était très vague avec ses réponses.

J'ai lentement levé la main.

« Où travaillent vos parents ? » ai-je demandé après une hésitation rapide, même si je savais que c'était une sorte de question bruyante, « Pourquoi as-tu déménagé ici ? »

« Mon père est un professeur », dit Talia sans placer ses yeux brun profond hors de la profondeur de mon âme, « J'ai déménagé ici, pourquoi pas ? »

D'accord, je ne savais pas si c'était juste moi, mais cette fille avait un sérieux comportement.

Talia était assise sur quelques colonnes à côté de moi. Elle semblait être une bonne élève, bien qu'elle n'ait jamais levé la main en classe ni contribué aux discussions ; mais quand elle a été appelée, elle a toujours eu la bonne réponse.

*****

Au déjeuner, je me suis précipitée à la table d'It Clique pour m'asseoir à côté de Meghan avant que Skye ait une chance de me voler ma place (ce qu'elle a fait assez souvent).

« Talia est-elle dans votre classe ? Où est-elle juste dans une classe différente ? » m'a Meghan demandé quand je me suis assise.

« Elle est dans ma classe de gym » a contribué Charlotte.

« Oui, elle est dans ma classe d'anglais, de mathématiques et d'histoire », ai-je dit. J'ai scanné la salle à manger pour voir Talia et potentiellement l'inviter à notre table, mais il n'y avait aucune vue d'elle.

« Quand vous la trouvez, allez-y, et bienvenue à notre table », a dit Meghan (Meghan pouvait pratiquement lire les esprits).

J'étais morte de honte à l'intérieur. Pourquoi a-t-elle senti – je ne sais pas – comme si j'avais besoin de la permission de Meghan avant de faire quoi que ce soit ?

« Est-elle votre cousine ? » ai-je demandé pendant que je mordais dans mon sandwich.

« N'en avons-nous pas déjà parlé ? J'ai dit que je ne sais pas », a dit Meghan en se fiançant avec sa fourchette. « Ne t'intéresse pas vraiment en ce moment non plus ».

« Cette fille Talia a une attitude vraiment de snobisme », s'est plaint Skye alors qu'elle passait et plaçait son plateau à déjeuner sur la table. « Je l'ai vue dans le couloir et j'ai agité ma main et elle n'a même pas fait marche arrière ».

« Elle me rappelle quelqu'un » j'ai cliqué à Skye juste pour la faire taire, « Regardez, Meghan, je ne sais pas pourquoi vous continuez à dire que vous ne savez pas que Talia est votre cousine, parce que Skye me l'a dit hier. Est-elle la fille de Rayne Weaver ? ».

Meghan a regardé Skye, qui m'a regardé. Je regardai comment elle se rétrécit dans son siège ; alors Meghan me regarda de nouveau, plaça sa fourchette en métal sur la table et dit : « OK, pouvez-vous juste arrêter de parler de Rayne Weaver. C'est tout ce dont vous parlez aujourd'hui ! ».

« Mais – c'est ma résolution de la nouvelle année » ai-je murmuré. Je voulais parler à Meghan du Projet Auteures, mais je ne pouvais pas – du moins pas devant Skye ou n'importe qui dans L'It Clique.

« Je sais, et c'est ridicule ».

Voyant la froideur dans l'air, Rosalyn changea rapidement de sujet (elle était une talentueuse artisane de paix). « Hé, avez-vous entendu parler de M. Franklin qui nous a donné un jeu-questionnaire de science pop hier ? Je l'ai entendu dans la salle à manger des enseignants… ».

Il y avait ce sentiment de malaise à nouveau. Mon amitié avec Meghan devenait rocheuse.

Mercredi 8 janvier 1992

Je me suis réveillée ce matin-là en me sentant assez chaude et confortable dans ma couverture. Cette nuit, exceptionnellement j'avais transpiré. Et pourtant, Je ne transpire qu'après la classe de gym ou après avoir été dehors pendant une longue période ; je n'ai jamais transpiré dans mon sommeil ! Le climatiseur est-il brisé ?

Il faisait habituellement chaud à Miami, mais d'après ce que j'avais vu, ce n'était certainement pas suffisant pour vous faire suer la nuit. Je frottais les yeux avec des doigts transpirants (je sais, grossier), et vérifiais mon alarme ; 9 h 38. J'étais en retard pour l'école. Oh garçon !

« Maman !! » J'ai appelé alors que je glissais rapidement hors du lit, puis j'ai attrapé mes pantoufles, « Je suis en retard ! »

J'ai gémi en entendant le son des pas de ma mère, marchant lentement vers ma salle de bain. Pourquoi ne s'était-elle pas précipitée ? Normalement, elle serait en colère envers moi si je m'étais réveillée tard (techniquement, ce n'était pas ma faute puisque mon alarme n'avait pas sonné).

« Maman ? La voiture est-elle toujours là ? J'ai besoin d'aller à l'école, j'ai un jeu-questionnaire scientifique !! ».

Ma mère a finalement atteint la salle de bain au moment où je me brossais rapidement les dents.

« Que faites-vous ? » demanda-t-elle.

« Pouvez-vous trouver le climatiseur ? Il fait tellement chaud ici », lui ai-je demandé, ignorant ses questions.

Ma mère m'a attrapé les épaules, tournant mon corps vers elle. « Il fait 91 degrés à l'extérieur, l'école est fermée », dit-elle lentement. « Allez… Retour… Pour… dormir ».

Je suis retournée dans ma chambre en me sentant joyeuse et abattue en même temps. Heureuse d'avoir plus de temps pour étudier mon jeu-questionnaire scientifique, et triste de ne pas avoir pu créer une amitié avec Talia et peut-être résoudre mon conflit avec Meghan.

C'était un peu fou que le deuxième jour d'école de retour des vacances ait été annulé, surtout après que nous ayons eu un jour férié lundi.

J'ai appelé Meghan pour que nous puissions résoudre notre petit différend, mais elle semblait plus intéressée par les bavardages de célébrité.

« Jelanie Simmons et Gordon Tamsen se marient ! Je me demande à quoi ressemblera le mariage ! Il sera probablement fantastique, avec des ballons blancs et or, une belle robe pour la mariée, un costume serré pour le marié, un énorme gâteau, et - ».

« Ne voulez-vous pas parler d'autre chose ? » L'ai-je interrompue.

« Non… Pas vraiment, pourquoi ? » dit Meghan d'un ton surpris.

« Oum… Bonjour ?! Talia, on vient de la rencontrer, et je sais qu'elle est ta cousine ! Skye m'a dit ! Ce qui signifie qu'elle est liée à vous ! Cela ne vous intéresse-t-il pas ? » Je l'ai vexée.

« Pas vraiment ; je veux dire, qu'allons-nous faire à ce sujet ? Invitons-nous à sa maison juste pour rencontrer sa mère ? » Meghan a muté. « Parce que ce serait comme une clé basse ».

Ugh. Quel était le problème de Meghan ? Pourquoi a-t-elle dû être si grognon ?

MA VIE À MIAMI

J'ai promis à Meghan que je la rappellerais, mais je ne l'ai jamais fait. À ce moment-là, elle ne semblait vraiment se soucier de rien.

Peut-être que si j'informais Meghan du concours du Projet Auteures, elle m'écouterait plus ? Non, elle allait simplement dire à sa nouvelle meilleure amie Skye, et Skye s'assurerait que je ne puisse jamais gagner. Le concours de l'auteur du projet devait être entre moi, moi, et moi. Désolée Meghan !

Jeudi 9 janvier 1992

J'étais trempée – non pas parce que je me suis « accidentellement » noyée dans l'eau ou que je suis entrée dans la douche avec mes vêtements (ce serait maladroit), mais parce que je transpirais à nouveau fortement. Il faisait 84 degrés à l'extérieur, et je pensais que j'allais fondre ; néanmoins, nous avons dû aller à l'école parce que les températures n'avaient pas encore atteint 90 degrés (ce qui était le seuil de fermeture des écoles).

Non, je ne me plains pas ; j'avais vécu à Miami toute ma vie, et je serais la première à dire que nous étions choyés par notre temps. Les temps de Miami en janvier vont souvent de 65 à 73 degrés, ce qui peut sembler étrange si vous vivez en dehors de la Floride, mais croyez-moi, c'est aussi authentique que jamais. J'étais habituée au temps chaud tout le temps, mais l'humidité m'a dérangé ce jour-là.

Ou peut-être, ce n'était pas l'humidité, mais la tension croissante entre Meghan et moi, et la prise de conscience que nous étions au bord d'une grande querelle qui pourrait compromettre notre amitié. C'est peut-être aussi l'anxiété qui a poussé les pensées de Skye à organiser une mission pour frapper haut dans le ciel (voir ce que j'y ai fait ?) pour me pousser au bord d'une crise nerveuse.

« Oh bonjour, Jenny » Skye m'a agité la main, quand je suis allée au coin d'IC dans la cour.

Les yeux émeraude de Skye me rétrécissaient malicieusement, presque comme si elle cherchait la vulnérabilité en moi.

Je pouvais lui dire qu'elle voulait m'énerver ce jour-là, mais je n'allais pas la laisser gagner au lieu de cela, j'allais me détendre.

Meghan n'était pas encore arrivée, alors je savais que Skye était prête à débiter son mensonge (malicieux) juste pour nous déchirer.

« Meghan et moi nous sommes amusées hier ! » dit Skye d'un ton exagéré « Aww ! Dommage que vous ne fussiez pas là ».

« Hé ? » J'ai demandé, en prétendant d'être désintéressée « Désolée, je n'écoutais pas ».

« Elle a dit qu'elle allait vous inviter – mais vous n'étiez pas disponible », dit-elle d'une douce voix gaie.

« Skye, je sais que tu mens » s'écria-t-elle, « Tu n'étais même pas censé sortir hier, c'était comme 91 degrés ! »

« Croyez ce que vous voulez » elle a haussé les épaules.

« Je vais demander à Meghan, quand elle viendra, si elle dit non, je lui dirai que tu es une menteuse », ai-je prévenu.

« Je ne suis pas menteuse, mais bien » Skye n'avait aucun signe de peur sur son visage. Est-ce qu'elle disait vraiment la vérité ?

*****

J'ai vu Talia ce matin-là pendant le cours d'histoire, mais elle n'était nulle part où la trouver pendant le déjeuner. Hmm… C'est un peu bizarre, tous les élèves de l'école moyenne devaient déjeuner dans la cafétéria.

Pendant que je prenais mon déjeuner, j'ai accidentellement heurté Charlotte, et elle a presque déversé son plateau sur le sol, mais elle l'a sauvé juste à temps ! Phew ! Fermer un ! Je n'avais plus besoin de drame personnel, avec qui que ce soit dans Le It Clique à ce moment-là.

« Regardez où vous allez ! » a-t-elle claqué ?

Je me suis rapidement excusée, et avec plus de prudence, je suis allée lentement à la table avec mon plateau à déjeuner fermement dans mes mains.

« Woah ! C'était proche ! » Meghan a ri, quand elle a vu l'accident. Charlotte et moi étions presque entrées. « Ça brûle ici, je suis sur le point de fondre ».

« Pareil ! » Rosalyn et Emerald ont soupiré en même temps.

Autant je trouvais drôle que Rosalyn et Emerald disent la même chose en même temps, je devais être sérieuse et parler à Meghan, même si un déjeuner sans drame avec mes copains semblait beaucoup mieux.

« Est-ce que Skye est venue chez vous hier ? » ai-je demandé, en interrompant Carolyn, Rosalyn, et le petit discours de Meghan.

« Umm » … dit violemment Meghan avec sa paille,

« Je - »

Comme toujours, tout a fonctionné pour la faveur de Meghan, car elle a été interrompue par Skye qui a placé son plateau sur la table.

« C'était amusant de sortir hier, nous devrions le faire plus souvent ! » m'a dit Skye éblouissante. « Trop mauvaise, Jennifer n'était pas disponible ».

« Que voulez-vous dire ? Personne ne m'a appelé », ai-je dit en regardant Meghan avec suspicion.

« Nous avons parlé au téléphone hier, Jen », a souligné

Meghan.

« D'accord, mais vous n'avez jamais rien dit au sujet de venir » je me moquais.

« Oui, je l'ai fait », a-t-elle menti.

« Pourquoi mentez-vous ?! » ai-je crié.

« Arrêtez Jennifer, tu fais une scène » me grondait Charlotte (elle était probablement encore folle de moi presque en train de frapper son macaroni, parce qu'elle restait normalement tranquille dans les arguments).

Les élèves des autres tables ont commencé à nous regarder, mais ça ne me dérangeait pas. Si les choses devaient aller ainsi, j'étais prête à le laisser. Meghan m'avait menti plusieurs fois cette semaine-là, et j'en étais malade et fatiguée.

« Je ne t'ai rien fait. Je ne vous ai tout simplement pas invité » a protesté Meghan, élevant sa voix. « Ce n'est même pas si gros que ça ».

« Eh bien, vous m'avez menti Skye et toi » me je suis moqué (en arrière), encore plus fort qu'avant « Maintenant, tu te fais juste mal paraître ».

« Hé, ne m'impliquez pas dans cela ! » a interjeté Skye nerveusement, maintenant presque criant !

« Skye n'était même pas censée vous dire cela » a crié Meghan et lui a cogné le pied droit, concentrant ses yeux sur Skye.

« Oh, alors maintenant vous gardez des secrets avec Skye ? Je pensais que j'étais votre meilleure amie ! » me suis-je plaint.

« Tu sais quoi, Jennifer ? Il suffit de l'oublier. Je ne veux plus en parler » Meghan me serra la main avec consternation.

Meghan se leva et marcha vers une autre table. Tous les autres ont emballé leurs plateaux et l'ont suivie sans un mot. Qu'est-ce qui a rendu tout le monde si terrifié d'elle ? Pourquoi ai-je été terrifiée d'elle ? Qu'est-ce que Meghan a eu pour que tout le monde la considère comme si elle était la patronne de l'école ?

Comment pourraient-ils être de son côté ? C'est elle qui avait menti ! Droit à mon visage ! Je n'avais pas d'alliés ici ! Que faisais-je même ici avec ces filles ?

Les choses allaient-elles vraiment s'améliorer, et ce n'était que la deuxième semaine de l'année.

Peut-être que Skye avait raison – mon amitié avec Meghan n'allait pas durer plus longtemps.

Vendredi 10 janvier 1992

Je suis rentrée chez moi ce jour-là en me sentant découragée. J'avais besoin de commencer mes recherches sur Rayne Weaver et les petites informations que j'avais n'ont pas aidé. Voyant la façon dont Meghan commençait à agir « drôle », je ne voulais pas mettre tous mes œufs dans le « panier Meghan ». J'avais besoin d'un plan B, et quel meilleur plan que la fille de Rayne Weaver, Talia ! « Mais, où est-elle allée dans le monde ? » (Talia ne s'est même pas présentée à l'école ce jour-là).

Alors que j'écrivais un plan pour mon essai biographique, j'ai reçu un appel de Meghan. Fantastique !

J'ai été surprise qu'elle ait appelé, parce que Meghan m'avait fondamentalement ignoré toute la journée pendant le déjeuner.

« Talia et son père sont venus à ma maison aujourd'hui », dit-elle sans dire bonjour, « Je pensais que vous pourriez vouloir savoir ».

J'ai été choquée. J'avais besoin d'aller à la maison de Meghan en ce moment-là ! J'avais tellement de questions à poser (je savais que j'aurais pu attendre lundi, mais je n'ai pas eu la patience).

« Oh mon dieu ! Je viens tout de suite ! Juste laissez-moi demander à ma maman - » ai-je commencé.

« Jennifer ! Ne m'avez-vous pas entendu ? » interrompt Meghan, « J'ai dit qu'elle est venue chez moi, elle est partie comme il y a une heure ».

J'ai pris une profonde respiration, « Et tu me dis ça maintenant parce que… ? Que le heck, Meghan ! ».

« Oh, ne sois pas si fraîche » se plaint-elle, « J'ai oublié de te le dire pendant qu'elle était ici ; elle n'était chez moi que pendant 20 minutes ».

« Ugh d'accord – pourquoi était-elle là ? »

« Eh bien, je ne sais pas exactement, mais apparemment il donnait à mon père quelques informations sur Rayne Weaver », m'a informé Meghan « Cela sonnait comme une sorte de discussion sérieuse ».

J'étais vraiment accrochée à ça, « Hein ? Que voulez-vous dire ? »

« Comme je ne suis pas là à écouter tout ce qu'ils ne disaient, mais d'après ce que j'ai entendu ils parlaient de choses juridiques », dit lentement Meghan.

« Oh mon Dieu ! Nous devons en parler à Talia ! Votre père a-t-il le numéro de Talia ou quelque chose ? »

« Je ne sais pas ; mon père est déjà parti pour le travail de toute façon – désolée », elle a dit.

Meghan était sur le point de raccrocher avant d'avoir le courage de dire : « Hey Meghan ? »

« Oui ? »

« Merci »

« Pour quoi ? »

« Pour m'être dit cela, je suis contente que tu sois venue à moi en premier », je l'ai remerciée. Peut-être que Meghan et moi n'étions plus dans de mauvaises conditions ?

Je savais que la première fois qu'elle a obtenu des informations importantes qu'elle a dites à Skye, j'étais encore un peu folle à ce sujet parce que maintenant Skye savait sur toute la chose, mais au moins elle avait appris sa leçon.

Meghan n'a rien dit, mais pour poursuivre la conversation un peu plus longtemps, j'ai décidé de m'excuser l'autre jour.

« Aussi, je suis désolée de vous avoir crié dessus à la cafétéria, je me suis senti laissé de côté par vous et Skye » lui ai-je dit, « Mais je sais que je suis votre meilleure amie, donc je suis tout bon. J'ai trop réagi ».

« D'accord », dit Meghan blanchement, « Merci pour les excuses ».

« Amies !!» ai-je demandé avec un rire.

« Je suppose », a dit brutalement Meghan.

La réponse de Meghan ne m'a pas convaincu. Ce n'est pas seulement qu'elle a répondu « Je suppose » au lieu de Amies en réponse à mon excitation ; c'était aussi le ton de sa voix. Elle fonctionnait comme si elle était encore en froid avec moi.

Avant de pouvoir dire quoi que ce soit, Meghan m'a rapidement dit qu'elle devait y aller ; mais avant qu'elle ne raccroche, j'ai entendu quelque chose que je pouvais entendre à des kilomètres de là et j'ai encore reconnu – le rire de Rosalyn. Rosalyn avait un très haut rire pittoresque et original à partir duquel on l'identifie.

Meghan n'était même pas si proche de Rosalyn, donc il ne pouvait pas être juste les deux d'entre eux par pendaison autour. Meghan était probablement avec toute Le It Clique. Alors, quel est l'accord ? Pourquoi ne m'a-t-elle pas invité ? Je suis aussi membre de It Clique, par conséquent, il n'était que logique pour moi d'être invitée, non ?

Samedi 11 janvier 1992

Cet après-midi-là, je suis allée faire un tour à vélo dans le quartier pour déstresser de tous les drames de Le It Clique. Tant de choses me traversaient à l'esprit de ce qui se passait, j'ai même commencé à me demander pourquoi j'étais dans Le It Clique en premier lieu.

C'était tellement bizarre la façon dont Meghan se comportait, un jour nous étions bien, et le lendemain elle agissait comme si elle ne voulait même pas de moi là. Eh bien, si Meghan ne voulait pas de moi dans le It Clique – je n'avais honnêtement aucune place étant là du tout.

Je me suis arrêtée dans une aire de jeux et me suis assise sur l'herbe. J'ai vu quelques enfants jouer à un jeu de fond (fondamentalement un jeu de balise). De temps en temps, de nouveaux enfants arrivaient au parc et se présentaient, se demandant s'ils pouvaient jouer. La fille qui était apparemment « responsable » de tout le jeu a accueilli chaque enfant avec grâce.

Alors que je regardais, j'ai pensé une fois de plus à l'It Clique. Comment si je voulais faire un nouveau groupe d'amis (tout comme les enfants qui jouent au sol), j'allais d'abord demander à Meghan pour voir si elle les aimait. Une flambée d'amertume m'a envahie – concernant le groupe populaire, la loyauté était quelque chose de crucial pour Meghan.

Meghan s'est assise sur un piédestal nous forçant de nous dire avec qui nous pouvions et ne pouvions pas être amis avec.

Je n'avais pas vraiment d'amis à l'école du tout. Avant de commencer à me tenir avec l'It Clique, j'avais beaucoup d'amis, mais maintenant tout ce que j'avais été Meghan et des gens qui ne feraient rien pour me garder autour d'eux.

J'avais tant d'amitiés et de gens dont je dépendais, mais la minute où Meghan a commencé à choisir les amies qu'elle pensait être bonnes pour moi, j'étais obligé d'arrêter immédiatement de leur parler. Je me sentais terrible quand je pensais à une amie en particulier – Carolyn Howard.

J'ai regardé le terrain de jeu… Je n'avais pas d'amis. Cela a dû changer – tôt ou tard.

Il était logique pour l'It Clique d'arriver probablement au point de me donner un coup de pied. Franchement, puisque la seule raison pour laquelle j'étais dans l'It Clique était mon amitié avec Meghan, si cette amitié n'existait plus, alors cela n'avait aucun sens pour moi de rester dans l'It Clique. Mon statut de « meilleure amie de Meghan » semblait de toute façon être sur le chemin des drains.

J'avais besoin de faire un plan de sauvegarde. J'ai dû éviter, autant que possible, de sortir de l'It Clique et d'être laissée toute seule sans amis. L'It Clique était tous les « amis » que j'avais. J'avais des « amis » dans mon équipe de danse, mais nous n'avions pas parlé aussi récemment. J'avais beaucoup d'autres amis, mais juste le fait d'être dans l'It Clique, celui-ci a mis fin à toutes ces amitiés – si Meghan n'aimait pas quelqu'un, je ne pouvais plus rester avec elle.

J'ai soudainement ressenti un besoin urgent de commencer à réparer toutes ces amitiés rompues. Je devais me faire plus d'amis et ne pas être si accrochée à Meghan tout le temps. Peut-être que si je commençais à prendre contact avec d'autres personnes, Meghan réaliserait ce qu'est un grand BFF, j'étais à elle.

Dimanche 12 janvier 1992

Cher Rayne Weaver,

Bonjour encore. Je ne vous ai pas envoyé de lettre depuis quelques jours maintenant parce que j'ai été dans un drame d'amitié. Je sais que vous ne verrez probablement pas cela, mais je voulais vous demander quoi que ce soit. Que faites-vous si vous avez un ami qui continue à vous mentir, et vous ne savez pas si vous pouvez faire confiance? Que feriez-vous ? Si vous répondez, cela signifierait beaucoup pour moi.

Jennifer Chevrolet

Après notre retour de l'église ce dimanche-là, ma famille et moi avons été invités à un pique-nique par quelques amis de la famille de l'église à la célèbre South Beach de Miami. Vivre à la Grove, ma famille et moi allons probablement à South Beach une fois par mois et c'est toujours une expérience amusante (même s'il y a beaucoup de déchets sur la plage).

C'était un pique-nique agréable avec beaucoup de savoureuse nourriture, y compris des hamburgers, des hotdogs et de la salade. La plupart du temps, je suis sortie de l'eau avec les enfants (il n'y avait pas d'enfants de mon âge avec qui je pouvais parler) jusqu'à ce que je me sois ennuyée et j'ai décidé que j'avais besoin d'un autre hot dog (j'en avais déjà eu deux, mais M. Collymore avait probablement les meilleurs hotdogs dans tout Miami) et je suis retournée à l'endroit où les parents étaient assis.

Pendant que je mangeais mon hotdog, je me suis assise assez loin des parents, mais je pouvais facilement entendre leur discours.

Je n'avais pas l'intention d'écouter, mais je ne pouvais pas m'empêcher de les entendre.

« Donc… Adeline, qu'est-ce que c'est de vivre en copropriété ? » Mme Collymore a demandé à ma mère. « Je me sentirais tellement claustrophobe dans un petit endroit comme ça, c'est tellement plein de différentes sortes de gens ! J'espère que vous avez une tonne de caméras de sécurité ! »

J'ai regardé ma mère rire comme si ce n'était rien. C'était vraiment impoli ! Mme Collymore se moquait de ma mère pour avoir vécu dans un condo ! Nous n'étions pas moins qu'elle parce que nous n'avons pas vécu la vie de banlieue riche qu'elle ! Elle était audacieuse !

Je n'avais jamais entendu quelqu'un parler à ma mère de cette façon. A-t-elle reçu ce genre de questions chaque jour ? Juste parce que nous n'avons pas vécu dans la banlieue comme elle l'a fait ? Vraiment ? J'étais furieuse !

« Eh bien, ça vient d'être serré dernièrement avec l'école des enfants », lui a dit ma mère.

« Wow, ça doit être une énorme douleur financière, n'est-ce pas ? » a-t-elle fait remarquer. « Comment pouvez-vous même vous permettre une école de premier ordre ? Coconut Grove Academy ? Je veux dire, c'est une école privée, non ? Je sais que ce n'est pas mon affaire, mais nous parlons comme 15 grands par an, n'est-ce pas ? Vous avez besoin d'une maison plus agréable à Adeline, peut-être devriez-vous essayer une école publique ? »

Sous mon souffle, j'ai murmuré : « Tu as raison ; ce n'est pas votre affaire », mais pas assez fort pour que les adultes entendent. Je venais de tout comprendre alors que j'écoutais la femme parler.

J'étais très étonnée de la façon dont Mme Collymore parlait à ma mère, elle a toujours été si gentille.

« Nos enfants sont bien comme ils sont. Ils grandissent très bien ; l'éducation est ce qui est le plus important pour nous », a dit mon père. Il semblait visiblement ennuyé que Mme Collymore négocie dans notre vie personnelle juste comme ça.

« Nous devrions commencer une charité dans l'église pour vous les gars dans ce cas. Je suis passée devant sur votre rue devant maison avec ma petite, et je ne sais pas si je peux accepter que Jennifer soit amie avec ma petite Kylie si votre maison est dans cet état - » a commencé Mme Collymore.

« Charité ? Cassie ? Vraiment ? Qu'est-ce qui vous est arrivé dans le monde ? » Maman l'a pourchassée (oh non, ma maman commençait son agressivité passive maintenant).

« Regardez, nous n'avons pas besoin de charité, nous n'avons pas besoin de quoique ce soit, nous sommes absolument bien, bon Cassie ? » Papa était maintenant assez furieux de la façon dont la conversation se déroulait.

Mme Collymore a ri.

« Non, je plaisantais ! » dit-elle. Papa lui a lancé un long et dur regard, et n'a rien dit après cela. Maman a tout simplement tremblé, a fait une note mentale, puis ils sont retournés à ce qui semblait être une conversation ennuyeuse normale.

« Comme elle est grossière ! » J'ai muté sous mon souffle. J'étais tellement fâchée, mais plus déterminée que jamais à en savoir plus sur Rayne Weaver, pour gagner le défi des auteurs de projet, le mois prochain, peu importe ce qu'il faudra, l'horloge tournait.

Je ne pouvais laisser personne m'arrêter maintenant, pas même Meghan Benjaminson et tout son drame. Je me suis fait tirer dessus et sur un rouleau. La vie est un jeu d'échecs ; pour gagner, vous devez faire un geste. Et Jennifer Alexis Chevrolet va faire ça. J'ai dû me rendre d'urgence à Rayne Weaver.

Lundi 13 janvier 1992

Je me suis réveillée plus tôt ce matin-là afin de pouvoir rencontrer l'un des membres de l'It Clique autre que Skye et Meghan. Je me suis assuré que mon père se précipitait dans la circulation de Miami juste pour me rendre à l'école quinze minutes avant la cloche.

Je suis arrivée à l'école pour voir Emerald assise sur les bancs de l'It Clique. Elle était fiancée avec son Walkman rose et observait tranquillement tout le monde dans la cour.

J'aime Emerald ; nous n'étions pas proches du tout, mais j'aimé son esprit. Elle n'était ni trop fière ni vaine comme Skye, ni trop secrète comme Charlotte, ni trop bavarde comme Rosalyn, ni trop fausse comme Meghan. Elle parlait quand on lui parlait ; et savait quand ouvrir la bouche pour dire quelque chose et quand ne pas dire ; elle était sélective dans son discours, donc chaque fois qu'Emerald parlait, tout le monde écoutait (et nous savions tous que c'était vrai).

J'étais contente d'être seule avec elle à poser des questions sur la prétendue sortie de Meghan avec It Clique vendredi.

Je savais que je paraissais comme si j'étais obsédée par Meghan, mais je ne l'étais pas. J'étais juste une meilleure amie qui ne voulait pas être laissée de côté. Meghan ne me contrôlait pas – non ? De plus, j'avais vraiment besoin de Meghan pour m'aider à me connecter avec Rayne Weaver.

« Hey Emerald ! » ‹Ai-je appelé à marcher vers elle.

Elle me regarda et agita la main. Nous nous sommes rapidement saluées, et je suis allée directement à la poursuite : « Est-ce que vous et le reste du groupe êtes allés à la maison de Meghan vendredi ? »

Je gardais mes doigts croisés derrière mon dos qu'Emerald serait honnête avec moi, et que Meghan ou Skye ne l'avait pas convaincue, elle et tout le monde, de mentir.

« Oui, pourquoi ? »

J'ai pris un profond souffle de soulagement, enfin une certaine honnêteté !

« Je n'ai pas été invitée, je ne sais pas pourquoi », lui ai-je dit.

« Que veux-tu dire que tu ne saches pas pourquoi ? » Emerald dit soudainement, affûtant son ton. « Meghan et vous ne vous êtes pas battues ? »

« Ouais – Mais nous avons discuté – au téléphone » ‹ai-je tapé.

Emerald s'apprêtait à dire quelque chose quand Skye vint me regarder de haut en bas, « Wow – tu as vraiment le nerf que tu dois t'asseoir avec nous ».

« Oh, mon Dieu, Skye, on se calme – Meghan et moi avons déjà discuté ».

« Je sais ».

« Alors, quel est votre problème ? » Ai-je demandé.

« Meghan a dit qu'elle ne sait plus si elle veut être amie avec vous, puisque tu l'as vraiment embarrassé vendredi », m'a dit Skye.

Je savais que je ne pouvais pas faire confiance à un mot Skye disait alors là jamais.

« Regardez Skye, nous avons composé. Meghan n'est même plus folle, je suis super sûr. Je connais Meghan mieux que vous ».

« Oh Jennifer ! Vous êtes tellement désespérée d'être le BFF de Meghan ! Comme si vous ne nous aviez pas, vous n'auriez pas d'amis ».

« Quoi que ce soit, Skye » je prétendais ne pas m'en soucier.

Je savais que ce que Skye disait était vrai – elle m'avait tourmenté tout le week-end – mais je n'allais pas lui donner le bénéfice de l'admettre.

À ce stade, cependant, avec mon nouvel accent sur le gain du défi, je devais vraiment éviter toute cette distraction d'It Clique. Je n'avais vraiment pas accordé beaucoup d'attention à mes recherches ce week-end-là, donc chaque minute devenait précieuse. Pas de temps à perdre, donc il était probablement temps de commencer à me déplacer de ce paquet de loups. J'avais besoin de comprendre comment quitter l'It Clique, mais je n'avais pas encore le nerf. De plus, je devais aussi me reconnecter avec mes amis de sauvegarde. Beaucoup de travail à faire, mais « Note à soi : Jennifer, CONCENTRE ! Gagnez le défi de l'auteur du projet en premier ! »

Skye n'a rien dit et s'est assis à côté d'Emerald. J'ai vu le stationnement de Mme B au loin alors que Talia courait vers moi et m'a attrapé le bras, « J'ai besoin de vous dire quelque chose ».

J'ai été pris par surprise. Que se passait-il avec Talia ? Elle n'avait pas été à l'école ces derniers jours, et tout d'un coup, il semblait que quelque chose n'allait pas.

« Quoi ? Êtes-vous d'accord ? » Je l'ai laissée me tirer sur le champ. Au coin de mon œil, j'ai vu Meghan marcher vers le groupe et me regarder.

« Où allez-vous ? » dit-elle. J'ai levé les épaules. Meghan m'a donné un regard discutable et a continué à marcher vers l'It Clique.

Quand nous étions seules, Talia me regarda : « Arrêtez d'envoyer des lettres à ma mère ».

« Hé ? »

« Regardez. Ce que je vais vous dire, vous ne pouvez le dire à personne. N'importe qui ».

« OK, OK, continue », répondis-je avec impatience. Que se passait-il ?

« J'ai répondu à vos lettres et aux courriers traditionnels de ma mère. Je ne savais pas comment elle répondrait à ces lettres, alors je viens d'envoyer aux gens « des faux », comme ceux que vous recevez chaque fois que vous envoyez des lettres. C'est moi qui les ai livrées à ta maison ».

J'ai été pris au dépourvu. Rayne Weaver n'avait aucune idée que j'écrivais ses lettres ! A-t-elle même reçu des lettres ?!

« Attends – Je suis tellement confuse, pourquoi auriez-vous besoin de faire cela pour votre mère ? »

« C'est un peu compliqué, mais mes parents se sont séparés et divorcent. Ma mère vit en Louisiane. Avant que mes parents ne se séparent, ils avaient déjà acheté la maison dans laquelle nous vivons en ce moment et mis tout en place pour que nous puissions déménager, afin que ma mère fasse notre adresse permanente pour que tout notre courrier puisse y aller. Puis ils sont entrés dans une énorme mésentente et blah, blah, blah, nous avons continué à recevoir du courrier de ses admirateurs, alors j'ai décidé d'en lire quelques-uns et de leur répondre. J'ai alors remarqué que vous lui aviez envoyé beaucoup de choses, alors j'ai pensé que je pourrais juste vous dire, que les chances que ma mère lise vos lettres sont à peu près nulles ».

J'ai été pris d'une horreur insondable. J'avais l'impression d'avoir été frappée d'une tonne de briques ! Toute mon enquête – tous mes efforts – était complètement vaine. J'avais pratiquement perdu les deux dernières semaines de la nouvelle année en envoyant des lettres comme folles à quelqu'un qui ne les recevait même pas. Je détestais perdre mon temps.

J'ai remercié Talia de m'avoir donné la bombe, et je suis revenu lentement à l'It Clique, dans un éblouissement.

« Tu as l'air très pâle, Jennifer ! Comme si vous avez vu un fantôme ou quelque chose ! », dit Rosalyn lorsque je les ai approchés.

« Eh bien ? » Meghan a dit en mettant les mains sur ses hanches « Qu'a dit Talia ? »

La voix de Talia m'a prévenue de ne le dire à personne, et je ne voulais pas trahir la confiance de Talia, d'autant plus que ça ne fait pas longtemps que nous nous connaissons. Je sais, je sais, je suis si agréable, mais pour être honnête. La voix de Talia resonna en moi tout en me rappelant de ne pas révéler son secret, et je ne voulais pas non plus trahir sa confiance, d'autant plus que nous venions à peine de nous rencontrer. Je sais, je sais, j'aime plaire à tout le monde, mais pour être honnête, Meghan aussi ne me révélait pas ses secrets… elle me faisait sentir exclue et laisser les autres se moquer de moi. Meghan n'était pas vraiment une bonne amie, et je ne lui faisais plus confiance, surtout pas avec le secret de Talia.

« Um… Elle m'a dit que je ne peux pas vous dire », ai-je dit en regardant passer Meghan dans l'horizon lointain, « Et je n'ai vraiment pas l'impression de parler en ce moment, si vous ne vous souciez pas ».

Meghan a été silencieuse pendant une minute jusqu'à ce qu'elle dise « Oh, c'est bien, allons au coin, alors vous pouvez me le dire ».

« Je ne peux pas vous le dire, Meghan. Je ne peux le dire à personne », lui ai-je dit.

« Pourquoi pas ? » Meghan demanda. Elle croisa ses mains et me regarda, tandis que le reste de l'It Clique faisait de même.

« Parce que – Je ne veux pas. C'est un secret, d'accord ? » J'ai tapé.

« Wow ! C'est une très bonne excuse, Jennifer ! » Meghan s'est exclamée sarcastiquement en jetant ses mains en l'air.

« Je suis désolée, je le suis vraiment, d'accord ? J'ai promis à Talia, et je dois tenir ma promesse envers elle. Mais, Meghan, ne pensez-vous pas que c'est un peu ironique ? Vous gardez aussi des secrets ! » Je tenais mon sol. « Jennifer, sortez de ma vue, et ne vous asseyez pas avec nous pour le déjeuner aujourd'hui ».

Meghan était en colère contre moi. C'était clair. Ce qui n'était pas clair, c'était comme si elle me chassait de L'It Clique. Je veux dire, elle a juste dit, « Ne vous asseyez pas avec nous pour le déjeuner aujourd'hui », non ? Donc, elle ne pouvait pas prendre ces mesures si elle ne me chassait pas. Dans mon esprit le plus profond, je voulais vraiment sortir de toute façon. J'étais fatiguée de l'It Clique et de leur drame inutile.

Quoi qu'il en soit ! Meghan était une telle frayeur de contrôle. Mais à ce moment-là, je ne me souciais pas vraiment de ce que Meghan faisait. Tout ce qui me préoccupait, c'était de savoir comment traiter l'information que Talia venait de me donner. « Comment dans le monde puis-je arriver à atteindre Rayne Weaver maintenant ? » C'était la question la plus importante dans mon esprit.

*****

Au déjeuner, j'avais l'intention de m'asseoir à côté de Talia pour que nous puissions parler davantage de Rayne Weaver, mais elle était assise à la table populaire… à côté de Meghan… « Ma tâche ». Que faisait-elle là ?!

Talia essayait-elle de prendre ma place dans l'It Clique ? Ou Meghan l'utilisait-elle pour me rendre envieuse ? Talia semblait vraiment essayer de m'aider, alors j'ai penché vers le scénario de manipulation Meghan. Talia ne réalisait probablement pas ce qu'elle faisait avec Meghan. Je gardais mes doigts croisés alors que je m'asseyais seule à une table du déjeuner, espérant que l'It Clique ne la corrompait pas.

Mardi 14 janvier 1992

Je travaillais sur un important projet anglais au déjeuner pendant les vacances, donc je n'ai vu Meghan qu'une seule fois ce jour-là dans le couloir de l'école. Nous n'avons rien dit, nous sommes passées l'une devant l'autre et nous sommes allées dans nos affaires. Quand je suis rentrée à la maison et que j'ai terminé un travail scolaire, j'ai été surprise de recevoir un appel téléphonique de sa part.

« Salut Meghan ».

« Vous pouvez me dire maintenant Jennifer, je suis toute seule dans ma chambre et je ne dirai à personne ce que j'aurai entendu », a commencé Meghan.

« Meghan – Ce n'est pas si facile » ai-je dit nerveusement, « Talia est mon amie, et je ne voudrais pas la poignarder comme ça ».

« Votre amie ? Vraiment Jen ?! Vous ne l'avez rencontrée que comme la semaine dernière ; elle a une attitude terrible, et vous voulez l'appeler votre amie ? Fille, vous voulez juste être amie avec elle pour se rapprocher à sa mère ! » a crié Meghan. « Mais je ne le comprends pas ! Pourquoi ? Pourquoi cet auteur aléatoire est-il si important pour vous ?! »

« Tout d'abord, arrêterez-vous de crier » j'ai dit avec un ton dangereux dans ma voix (imitant pratiquement ma mère quand elle était très en colère), « Et deuxièmement, ce n'est pas de ton affaire ».

« Eh bien, ce sera mon affaire si jamais vous voulez venir à ma maison pour en savoir plus sur Rayne Weaver de mon père » Meghan a averti malicieusement.

« Tu es si petite en ce moment Meghan », me suis-je exclamée.

« Je suis petite ? Je suis petite ? » Meghan se répéta haut et fort. « C'est vous qui gardez le secret ! »

« Eh bien maintenant, vous savez à quoi ça ressemble ! » J'ai tiré en arrière. « Quoi ?! »

« Vous savez exactement de quoi je parle de Meghan. Vous gardez des secrets contre moi tout le temps ; vous tenez des réunions avec l'It Clique sans m'inviter ; vous parlez de moi derrière mon dos. Alors, comment se sent le goût de votre propre médecine ? » « C'est comme ça ? » a dit Meghan.

« Oui ! » J'ai cliqué.

« OK alors. Adieu Jennifer Chevrolet Meghan a tapé d'un ton épais dans sa voix.

« Adieu Meghan Benjaminson », répondis-je avec la même énergie.

J'ai vite raccroché Meghan avant qu'elle puisse dire autre chose ou raccrocher.

Je voulais être en colère, je voulais être indignée contre Meghan pour être hypocrite, je voulais même être heureuse d'avoir quitté le groupe toxique, mais au contraire j'étais triste, parce que je savais que je venais probablement de perdre une amitié qui pourrait prendre du temps pour se rétablir.

Je me sentais toute seule.

Mes pensées ont été interrompues quand ma mère m'a appelée en bas pour le souper. Je marchais en bas (pas vraiment dans l'humeur pour le dîner) et jouais avec ma fourche. Ma purée de pommes de terre ne me semblait pas très appétissante à ce moment-là.

« Hé ! Qu'est-ce qui ne va pas, bonjour » a demandé ma mère quand elle s'est assise à côté de moi à la table à manger.

« Rien », ai-je hurlé. J'ai regardé Martin de l'autre côté de la table alors qu'il roulait les yeux de façon grossière.

« Elle s'est battue avec Meghan, apparemment, je l'ai entendue », lui a dit Martin.

J'ai regardé Martin avec colère, il avait écouté par la porte et je n'avais même pas réalisé. Avec notre petite maison, il était facile d'entendre quelqu'un crier – je n'avais pas réalisé que je parlais si fort que mon frère pouvait entendre. Je lui ai donné un coup de pied sous la table.

« Aïe ! », gémit-il.

« Oh non ! Que s'est-il passé ? » Maman a demandé curieusement.

Je me suis irritée. Pourquoi ma mère s'est-elle soudainement intéressée à quelque chose qui me concerne ? Qu'est-il arrivé à l'équipe sportive de Martin ou à ses grades ? C'était tout ce dont elle et papa n'ont jamais parlé au dîner. Quel était ce nouvel intérêt ?

« C'est bien, je ne veux pas en parler », ai-je dit.

« Wow ! Attitude, je vois quelqu'un devenir une adolescente !! » a plaisanté mon père

J'ai pleuré, pendant que ma famille riait, la blague de mon père n'était même pas drôle.

J'ai roulé au-dessus de mes yeux et mes parents ont juste constaté que je me suis rapidement débarrassée de mon repas et je suis retournée dans ma chambre.

J'étais tellement bouleversée par tout le monde que j'ai allumé ma radio (Meghan l'avait obtenue pour moi comme cadeau pour mon 12e anniversaire l'année précédente) et j'ai bousculé la musique hip-hop très forte. J'adore la musique. Outre la lecture et l'écriture, la musique était l'une de mes choses préférées. Chaque fois que j'étais triste, heureuse, ou même en colère, il y avait toujours une chanson qui correspondait à mon humeur. J'ai adoré ça. Je savais que mes parents se mettraient en colère contre moi pour avoir lancé de la musique si fort, mais je ne m'en souciais pas.

« Jennifer ! » : a crié ma mère quand elle a décidé d'ouvrir ma porte de chambre sans frapper.

« Pouvez-vous frapper ? » : ai-je claqué d'un ton ennuyeux.

« Hé, tu vas mieux regarder ce ton, jeune dame ».

Quel était le problème de ma mère ?! Ne pouvait-elle pas me laisser seule ?

« Qu'est-ce qui se passe avec vous aujourd'hui ? » demanda ma mère.

J'ai gémi. J'ai décidé d'abandonner juste parce que ma mère allait probablement me forcer trop de toute façon. Alors, je finis par lui dire que Meghan et moi avons eu une mésentente et j'ai fait en sorte de ne pas parler de Rayne Weaver et de Talia.

Je lui ai expliqué comment Meghan se transformait en menteuse pathologique, que je n'avais plus l'impression d'appartenir à la It Clique, comment j'ai été chassée, et comment je me suis levée contre Meghan l'autre jour. C'est tout ce que j'ai dit ; le reste n'était pas de sa préoccupation.

« Oh miel ! Je n'avais aucune idée que vous aviez à travers tout cela ! », a sympathisé ma mère, après lui avoir parlé de ce qui s'était passé. « Je suis tellement heureuse que vous vous êtes finalement levé pour vous-même ».

« Je sais, mais maintenant je me sens mal pour moi », car je vais être toute seule ».

Même si je n'étais pas totalement transparente avec ma mère sur la façon dont les choses se passent réellement, il y avait une certaine vérité dans ce que j'avais dit. J'étais toute seule maintenant.

« Je suis tellement fière de vous, pour avoir défendu votre miel » : a-t-elle répété, « Vous devez être affirmative, et savoir quand vous êtes trompée.

« Oui, mais je ne veux pas être amicale. Meghan me déteste maintenant et je sais ce qu'elle fait aux gens qu'elle déteste. Peut-être que je devrais juste m'excuser », ai-je dit, mordant mes ongles. « Je ne veux pas être seule ».

Parler avec ma mère me rendait beaucoup plus bouleversée que je ne le voulais. J'étais sans aucun doute folle de Meghan, pourtant il y avait encore des gouttelettes de bleu sous tout le rouge.

« Ne laissez pas le fait d'être seule, vous faire reconnecter avec des personnes toxiques, Jennifer. Vous ne devriez pas boire de poison, juste parce que vous avez soif »: a-t-elle prévenu.

J'allais me rappeler l'It Clique quand les paroles de ma mère m'ont frappée comme un coup de foudre.

Les pensées que j'avais de retour au parc ont recommencé à se recycler dans mon esprit.

J'ai fini avec It Clique – plus précisément de Meghan Benjaminson. Je n'allais plus les laisser me contrôler.

Et c'est ainsi que j'ai trouvé ma deuxième résolution pour la nouvelle année. Qui dit que vous ne pouvez pas en avoir deux ?

Mercredi 15 janvier 1992

J'étais nerveuse à l'idée d'aller à l'école ce jour-là, mais j'étais aussi heureuse puisqu'une minuscule lionne se développait à l'intérieur de moi. Je me sentais courageuse, et même si j'étais terrifiée, ma bravoure triomphait.

En entrant dans la cour de l'école, j'ai remarqué la Clique qui me regardait attentivement. Les bras croisés, les étoiles en haut et en bas, et leur leader Meghan Benjaminson devant, les mains sur les hanches, me frappant intensément. Classique.

En les regardant, je ressentais de la culpabilité. La semaine d'avant, ça aurait été moi. Suivant l'ordre de Meghan de ne pas être amis avec quelqu'un et de l'accompagner pendant qu'elle travaillait dur pour rendre leur vie scolaire désagréable. Quel gang d'intimidations nous étions dans le groupe populaire. J'étais soulagée de ne plus en faire partie.

Carolyn Howard, par exemple, est une vieille connaissance du moi. Carolyn et moi étions inséparables jusqu'à ce que Meghan arrive, et je suis devenue amie en quatrième année. Meghan m'a dit qu'elle n'aimait pas Carolyn et que je ne devrais plus rester avec elle une fois que j'aurais rejoint la Clique. J'ai accepté sottement et j'ai prétendu qu'elle n'existait pas. Nous avons commencé à discuter ici et là au début de l'année scolaire, mais je pouvais sentir qu'elle était encore blessée par la façon dont j'ai agi. Je me sentais encore terrible.

Je ne pouvais pas croire combien d'amitiés j'avais perdues à cause de Meghan. Je croyais que Meghan me cherchait, me disant qui j'étais. Pouvait et ne pouvait pas traîner avec, mais c'était juste une manipulation. Elle était la définition même d'une fausse amie, ce qui m'a fait préférer Skye à elle. Skye ne m'aimait certainement pas, mais Meghan prétendait être mon amie, ce qui m'irritait. Je préfère avoir un ennemi honnête plutôt qu'une fausse amie.

J'ai regardé Skye ; elle souriait. Le sourire le plus brillant jamais ; ce devait être le plus grand moment de la vie de Skye. Meghan et moi n'étions plus amies, elle avait réussi. Elle était maintenant la meilleure amie de Meghan. Je ne me souciais plus de Skye ni de personne d'autre dans la It Clique ; ils n'étaient plus mon problème.

*****

Talia remplissait son plateau à déjeuner quand je suis arrivée pour le déjeuner. J'ai demandé à me tenir devant quelques personnes pour pouvoir parler avec elle.

« Hey Talia ! veux-tu t'assoir avec moi ? » : ai-je demandé joyeusement (Talia, selon ce que j'avais entendu, n'était pas un membre officiel du groupe populaire, donc elle était libre de se mêler).

Talia avait l'air de dire oui jusqu'à ce que quelqu'un l'interrompe.

« Talia ! » : appelait une voix familière.

J'ai tourné autour pour voir Meghan agitant à Talia de la table du groupe populaire.

« Vendez-vous asseoir avec nous ! »

Yup ! Meghan avait une jambe vers le haut sur la compétition. Meghan voulait seulement être la meilleure amie avec Talia afin qu'elle puisse arriver à moi. Mais je n'allais pas laisser cela arriver ; Talia était astucieuse et ne pouvait être dupée par personne.

Talia me regarda et se suicida, « Welp, il y a toujours un demain, Chevrolet, voyez ça plus tard alligator ».

Je me tenais là sous le choc alors que Talia me frappait à l'épaule et marchait en direction de la table de Meghan. Pourquoi adhérait-elle aux cruelles fixations de Meghan ? Et avec Skye aussi ! Pourquoi Talia choisirait-elle de s'asseoir près de Skye, qui lui était si grossière ?

Meghan a gracieusement dirigé Talia vers le siège qui devait être celui de Skye et lui a demandé de prendre un siège là-bas (qui était en face d'elle). Alors que Skye marchait elle-même à mon siège avec fierté. Il était clair que j'étais remplacée.

Meghan et Skye se sont retournées et m'ont collé leurs langues. Je me suis dirigée vers une table vide en regardant la It Clique rire et collaborer joyeusement comme celles qui étaient dans une grande famille heureuse. Ouch.

Ouais. Quel que soit Meghan. Vous gagnez. Allez-y et gardez le It Clique tout à vous-même. Un jour, marquez mes paroles, vous vous brûlerez tous jusqu'au sol.

Jeudi 16 janvier 1992

C'était l'un des meilleurs et des pires jours de ma vie. Mieux parce que j'ai semblé me reconnecter avec une vieille amie et pire parce que Meghan m'a embarrassé devant tout le monde.

En fait, j'ai eu deux bons moments dans ma journée, et le premier était pendant les vacances…

J'étais tranquillement dans le coin de la cour en lisant un livre de Rayne Weaver, tandis que tous mes espoirs dans le Project Author's Challenge s'évanouissaient lentement.

J'étais au point culminant de mon livre très intéressant quand Talia est venue et s'est assise à côté de moi.

J'ai fermé mon livre et l'ai regardée profondément dans les yeux, « Alors vous avez fini de pendre avec les filles moyennes maintenant ? »

« Chill out Chevrolet » : a rigolé Talia, « Je voulais vous parler de cette fête que je vais organiser samedi prochain, ça va être super amusant ».

« Laissez-moi deviner, la Clique va être là ? » ai-je réagi vivement.

« Oui, mais la seule raison pour laquelle je vous invite, c'est parce que ma mère va être là ».

Je ne savais pas si je pouvais faire confiance à Talia parce qu'elle s'est accrochée avec certaines des personnes les plus toxiques de la planète.

« Regardez, je sais que vous ne me croyez probablement pas, mais pensez-y, d'accord ? » : a dit Talia, « D'ailleurs, il n'y a aucune garantie qu'elle sera là », pensais-je ».

MA VIE À MIAMI

« Quelle est l'occasion de la fête ? » Demandé-je

« C'est juste ma fête d'anniversaire, j'ai 13 ans, vous savez comment tout le monde veut avoir une fête d'anniversaire à 13 ans », m'a dit Talia avec enthousiasme, « Ma mère va juste entrer pour me souhaiter un joyeux anniversaire et couper le gâteau ».

« Doux ! » J'ai dit doucement, prétendant ne pas être excitée malgré le fait que j'étais.

Talia m'a remis une carte d'invitation et m'a ordonné de ne pas informer The It Clique que j'avais été invitée, même si je n'avais aucune intention de le faire. J'étais ravie ! Je ne pouvais pas croire que j'avais été invitée.

Date : Samedi 25 janvier 1992

Time : 6:00PM – 9:00PM

Place : 132 boulevard, Miami, Floride (Maison de Talia)

RSVP : Talia Weaver (202-555-0313)

* * * * *

Tout le drame de Coconut Grove Academy commence dans la cafétéria ; c'est pratiquement une tradition.

Mon instructeur de mathématiques obstiné ne me permettait pas de quitter la salle de classe pour le déjeuner jusqu'à ce que j'aie répondu correctement à toutes les questions de mon affectation, donc je suis arrivée un peu plus tard que d'habitude. Meghan semblait avoir fait de même, alors que je remplissais mon plateau, Meghan était derrière moi, avec une seule personne entre nous.

Je me suis retournée pour voir Meghan, et je me suis empressée de chercher mon repas, presque en éclaboussant du guacamole partout sur mes chaussures.

Je me suis rendu compte que j'avais oublié de prendre des copeaux de maïs, et je me suis retournée pour en attraper, juste pour me retrouver face à face avec Meghan. Où était passé le gars entre nous ?

« Désolée », ai-je foncé en essayant de me mettre derrière elle.

« Déplacez-le Chevrolet » : dit-elle.

J'ai vite ramassé mes jetons et je suis tombée sur la table où je m'étais assise la veille. J'étais sur le chemin de la table quand j'ai cru entendre la voix de Talia derrière moi. Je me retournai seulement pour voir Meghan marcher dans ma direction avec son plateau, ne regardant pas où elle allait.

Bong ! Elle a tout renversé sur moi, son guacamole partout sur moi. J'étais un gâchis tuméfié. Il y en avait partout !

Qu'était-ce que c'est Meghan ?! La table de It Clique n'était nulle part près du mien ! Pourquoi marchait-elle même dans ma direction générale ?

« Meghan ! » ai-je crié, « Que faites-vous ? »

« Whoops ! Désolée ! » Meghan s'est égaré malicieusement.

« Quel est ton problème ! » criais-je encore,

« Laissez-moi tranquille, je ne t'ai rien fait ! »

Le groupe populaire regardait de leur table ce qui se passait. Ils ont tous commencé à rire hystériquement (sauf Talia), mais ils se sont arrêtés quand la dame du déjeuner est venue m'aider.

La dame a crié sur Meghan, mais Meghan a simplement prétendu que c'était une erreur et elle l'a cru.

J'étais furieuse ! Meghan était un mauvais petit raskol !

Je suis sortie de la cafétéria, pleinement convaincue que les yeux de tout le monde étaient collés sur moi. Meghan poussait vraiment mes boutons de plus en plus fort de jour en jour. Je savais qu'elle n'allait pas s'arrêter. Si c'était la façon dont elle voulait jouer, j'allais aussi jouer.

Je suis entrée dans les toilettes des filles, en essayant de laver tout le guacamole de mes cheveux en utilisant une serviette de papier humide, quand Carolyn (une vieille amie) est entrée.

« Oh mon dieu ! Jennifer ! Vos cheveux ! J'ai vu ce qui s'est passé. Cette Meghan girl est un truc absolu « : a dit Carolyn, » avez-vous besoin d'aide ? »

« Ça m'aiderait beaucoup de Carolyn, merci » : lui ai-je dit, en lui passant une serviette de papier.

Carolyn m'a aidé à réparer en silence et j'ai retourné la même énergie non verbale.

« Cela fait un certain temps que nous nous sommes perdues » : a dit Carolyn, brisant le silence.

« Je sais et je veux juste dire que je suis désolée », j'ai commencé à m'excuser.

« C'est bien, je comprends… Voulez-vous venir chez moi demain ? Nos mamans ont le numéro de l'une et de l'autre » : a interrompu Carolyn.

« Bien sûr ! »

J'ai été un peu choquée par l'invitation soudaine de Carolyn, mais j'ai été heureuse que nous nous soyons réconciliées – surtout après avoir été chassé de la Clique. Même si après l'école j'avais pris 20 minutes à laver les morceaux supplémentaires de guacamole dans mes cheveux, tout a fonctionné à la fin.

Score 1, Jennifer. Score 1 Meghan.

C'était une cravate aujourd'hui, mais pas pour longtemps

Vendredi 17 janvier 1992

J'ai passé la journée avec Carolyn et ses amies Lyla et Florence. Je connaissais Lyla de ma classe de sciences (nous avions travaillé sur un projet ensemble auparavant), mais je n'avais jamais vraiment pas rencontré Florence (bien que je me souvienne l'avoir vue quelques fois dans le couloir). Les filles étaient courtoises, et il était rafraîchissant d'être dans un environnement non toxique pour un changement.

Ce jour-là, Meghan a pris une pause en me dérangeant (probablement parce qu'elle évitait les châtiments des autres professeurs) et ne m'a donné qu'un seul coup d'œil quand elle m'a vu marcher jusqu'à la salle de gym dans le couloir. Je ne m'en souciais pas, j'avais trois nouvelles amies que j'aimais beaucoup. Je n'avais plus besoin d'elle ni de la It Clique.

*****

Ma mère m'a déposé chez Carolyn cet après-midilà pour passer la soirée. Je n'avais pas été à la maison de Carolyn depuis si longtemps, passer dix minutes en voiture à sa maison de taille normale (pas trop grande comme Meghan et pas trop petite comme la mienne) a réveillé autant de souvenirs.

J'ai sonné à la porte de la maison de Carolyn avec ma mère derrière moi et Mme Howard a ouvert la porte.

Mme Howard s'écria : « Salut Jennifer ! Tu te fais rare ! » Mme Howard m'a donné un énorme câlin. « Adeline ! Comment vous allez ? »

Ma mère et moi sommes entrées dans la résidence Howard. J'ai été surprise de voir Carolyn regarder la télévision avec un garçon que je ne connaissais pas – je pensais que Carolyn n'avait qu'une sœur nommée Lanaya.

Carolyn se leva du canapé quand elle me vit et me présenta à lui – Arthur.

« Ma mère s'est fiancée à Noël » : m'a expliqué Carolyn alors que nous nous asseyions sur le canapé. « Arthur, William et Nick sont mes futurs beaux-frères. Ils vont dans une autre école que nous, Arthur a sept ans, Guillaume a dix ans, et Nicolas a treize ans ».

« Wow ! Je n'en avais aucune idée ! C'est incroyable ! » : Je me suis exclamée, j'ai alors baissé ma voix pour qu'Arthur qui était juste à côté de nous ne m'entende pas, « Comment vous sentez-vous à ce sujet ? »

Carolyn, une belle fille afro-américaine aux yeux châtain et cheveux noirs en tresses, a perdu son père quand elle avait sept ans et a vécu dans le Wisconsin. Carolyn en parlait rarement, mais chaque fois qu'elle montait, elle la rendait toujours malheureuse. Donc, il est naturel pour Carolyn de se sentir étrange avec sa nouvelle famille. Depuis si longtemps, c'était elle, sa mère et sa petite sœur Lanaya, mais je savais que Carolyn était un biscuit difficile. Elle pouvait gérer tout ce qui lui était lancé.

« Au début, je n'aimais pas David Kennedy, mais quand j'ai appris à le connaître davantage, il n'était pas aussi horrible que je l'imaginais » : a dit Carolyn en examinant ses chaussettes. « Je suis juste heureuse qu'il rende ma mère heureuse ».

« Carolyn Milton a un anneau à lui » : j'ai taquiné pour alléger l'humeur.

« Très drôle, ma mère dit que je n'ai pas à changer mon nom de famille » : a dit Carolyn au moment où elle m'a fouetté avec un oreiller ludique.

« Vont-ils avoir un mariage ? »

« Oui, en mars, Lanaya et moi allons être des filles de fleurs, parce que nous sommes trop jeunes pour être des demoiselles d'honneur » : me dit Carolyn, « Nous allons emménager dans leur maison, jusqu'à ce que nous trouvions une maison assez grande pour que nous ayons tous les sept notre propre espace. Donc, pendant quelques mois, je dois partager une chambre avec ma sœur ».

Carolyn blanchit à la perspective de partager une chambre avec Lanaya, et je me suis moquée. Je regardais autour de moi, ma mère et Mme Howard discutaient dans la cuisine, les yeux d'Arthur étaient rivés à la télévision, et Carolyn me rendait folle avec ses histoires embarrassantes sur ses futurs frères (dont deux n'étaient même pas là).

J'avais l'impression d'exister pour la première fois depuis longtemps.

Samedi 18 janvier 1992

« Bonjour ? » a dit Talia quand elle a saisi Téléphone.

J'avais besoin de donner à Talia un crucial coup de téléphone ce samedi matin ; j'avais besoin de savoir s'il était acceptable pour moi d'amener Carolyn à sa fête d'anniversaire (pour rencontrer RAYNE WEAVER !), afin que je puisse me frotter au visage de Meghan que je n'avais plus besoin d'une amie comme elle.

« Hey Talia ! C'est moi, Jennifer, je vous appelle pour vous faire savoir que je serai à votre fête la semaine prochaine ».

« Oh cool ! J'ai parlé à ma mère des lettres que vous lui avez envoyées ; elle a dit qu'en arrivant à Miami, elle ramasserait ses lettres… et elle redirigerait tout courrier futur à son adresse en Louisiane. Donc, il y a de bonnes nouvelles pour vous ».

« Omg ! Merci, Talia ! Tu es la meilleure ! » « Je sais ».

J'ai ri. Ses actes prouvent qu'elle est vraiment gentille et compatissante, mais ses paroles suggèrent différentes choses.

« De toute façon, j'appelais pour demander si je pouvais amener une amie à la fête avec moi ».

« Qui ? »

« Carolyn Howard ».

« Carolyn ? » Talia réfléchit : « Ah bien, je suppose que ça ne tuerait personne d'avoir un autre invité ».

« Merci, Talia ! » « Tu me dois ».

« Je sais » : ai-je ri.

MA VIE À MIAMI

« Je veux dire. Adieu Chevrolet ».

Qu'entendait-elle exactement par-là ? Je ne lui ai pas demandé de m'inviter ; elle aurait pu aussi décliner l'invitation de Carolyn…

Je ne voulais pas m'attarder sur ce que Talia avait dit depuis que j'ai eu un autre tour vers le haut de ma manche pour montrer Meghan qui était patron ici.

Une grande fête d'anniversaire… *pour moi !*

Dimanche 19 janvier 1992

Ce dimanche-là, nous avons assisté à notre réunion ordinaire du groupe des jeunes, et nous avons discuté de la façon dont Judas a trahi Jésus pour 30 pièces d'argent.

Mme Edwood (ma dirigeante de groupe de jeunes) étant l'enseignante émoussée qu'elle est, a demandé : « Décrivez un moment où vous avez été trahi par quelqu'un et comment cela s'est-il senti. Souvenez-vous d'ailleurs de notre règle du non-nom ».

Bien sûr, avec ma belle chance, Meghan était dans mon groupe de jeunes, et c'était son tour de parler en premier.

Meghan me serra les yeux et raconta son histoire : « J'ai été trahi par quelqu'un que j'appelais ma meilleure amie, et ça fait mal ; ça fait vraiment beaucoup de mal. Nous nous sommes promis de ne jamais garder de secrets ; maintenant, elle profite des gens pour ses propres bienfaits et garde des secrets de moi, me mentant aussi, tout en essayant de faire mal paraître mes autres amies. Ça a vraiment fait mal à mes sentiments. Je ne pense pas être prête à lui pardonner ».

J'ai pris un gobelet. Meghan a dit chaque mot en me regardant tout droit, alors tout le monde savait de qui qu'elle parlait. Meghan avait fait comprendre que nous n'étions plus amies.

Après quelques histoires, c'était finalement à mon tour. Le temps de combattre le feu avec le feu.

« Wow ! Quelle coïncidence Meghan ! J'ai été trahi par mon ex-meilleure amie aussi. Vous voyez.

Ma meilleure amie est terrible ; elle est intimidante et a un ego énormément gonflé. Elle essaie de m'isoler de tout le monde, juste parce qu'elle n'aime pas participer ou parler de ce dont je suis passionnée. On parle d'elle tout le temps, mais quand je parle d'une petite chose sur moi, elle jette un centrum. Ai-je également mentionné qu'elle est aussi une menteuse pathologique ? Quand elle m'a trahi, je me suis sentie assez folle. Je le suis encore à ce jour en fait ».

Avec un méchant sourire, je regardai dans les profondeurs de l'âme de Meghan.

Mme Edwood, sentant l'animosité entre Meghan et moi, a essayé de briser la glace en jouant un jeu de mémorisation de versets bibliques. J'ai dû frapper fort Meghan avec ce que j'ai dit ce jour-là, puisqu'elle n'a pas dit un autre mot pour le reste du service.

Score 2, Jennifer. Score 1 Meghan.

Prenez ça, Meghan !

MA VIE À MIAMI

Lundi 20 janvier 1992

C'était Martin Luther King Jr. Jour, donc nous n'avions pas d'école, et j'ai été soulagé de pouvoir passer la journée loin du visage de Meghan.

J'ai passé ma journée à être paresseux, à nettoyer ma chambre comme ma mère l'exigeait pratiquement de moi aussi, puis nous sommes allés à l'église (nous avons toujours un service sur des jours significatifs comme aujourd'hui) où nous avons appris une importante leçon sur le racisme (et discuté des plans de l'église pour le Mois de l'histoire des Noirs en février).

Quand je suis rentrée à la maison, j'ai écrit avec enthousiasme un message à mes parents demandant une célébration d'anniversaire.

Chère maman et papa,

Je veux que vous sachiez que vous êtes les MEILLEURS parents ! Je vous aime pour tout! Donc, je vais avoir treize ans très bientôt... Et je pensais peut-être que je pourrais avoir une fête d'anniversaire! Je suis prête à utiliser une partie de mon argent d'allocation pour le payer, mais j'apprécierais vraiment, si vous me laissez organiser cette fête. J'espère vraiment que vous dites oui.

Votre fille Jen xoxo LUV U

« D'accord, combien coûtera cette fête ? », demanda mon père après avoir lu la lettre à haute voix pour moi et ma mère après l'église.

« Vous avez une fête ?! » sous le choc Martin sous le choc à table.

94

« En effet, et devine quoi ? » Repris-je avec sarcasme.

« Quoi ? »

« Tu n'es pas invité », ai-je ri.

« Nous n'avons jamais dit qu'il allait y avoir une fête » a souligné ma mère.

« S'il vous plaît ! S'il vous plaît ! S'il vous plaît ! « J'ai supplié fort. « Maman ! Je vous supplie ! Je ne vous demanderai plus jamais rien d'autre ! Je vous le promets ! Papa ! S'il vous plaît, faites-lui dire oui ! »

« Le coût ? » Papa a demandé à nouveau.

« Je ne suis pas sûr, je n'ai pas encore vérifié …» ai-je admis.

« Allez vérifier, nous serons ici pour vous attendre » dis ma mère, pliant ma lettre et la mettant de côté sur la table.

J'ai marché jusqu'à ma chambre pour téléphoner au centre de divertissement (j'ai mon propre téléphone, mais mon propre numéro personnel), où j'ai prévu d'avoir la fête, et a totalisé tous les autres coûts.

Le coût $ $ $

Emplacement : Centre de divertissement communautaire

Nombre de participants - 40

Durée de la fête - 3 heures

Location d'une chambre pour la fête @ $50/heure - $150

Nourriture pour 40 personnes @ $15- $600

Sacs Goodie pour 25 enfants - 125 $

Décorations - 200 $ Total - 1075 $

MA VIE À MIAMI

J'ai presque crié ! Il n'y avait aucune façon pour que mes parents aillent dépenser mille dollars pour une fête d'anniversaire. J'ai regardé la liste dans mon carnet bleu pendant un moment, en espérant qu'ils répondraient oui. Bien sûr, c'était une touche chère, mais sûrement, ils pourraient réduire quelques coûts pour le rendre plus abordable, non ? Alors, j'ai marché en bas et j'ai dit à ma mère et à papa le prix… C'est le résultat que j'ai obtenu

« QUOI ? Pensez-vous que je suis fait d'argent ! » s'est exclamé mon père. « C'est comme la moitié du prix du loyer ! Savez-vous ce que je pourrais faire avec tout cet argent ? Je pouvais faire réparer ma voiture ; je pourrais payer peut-être 20 pour cent de mes dettes, et bien plus ! »

J'ai sincèrement regretté de leur dire le prix.

« Je n'ai parlé que de ce prix, donc ce pourrait être beaucoup moins » : ai-je dit, même si je savais que ce n'était pas moins ?

« Miel, nous ne pouvons pas nous permettre de dépenser n'importe quelle somme d'argent même autour de ce beaucoup » : ma mère a dit.

« Oh, allez ! Papa, vous payez pour le loyer, une voiture, et se faire payer toutes les heures pour s'asseoir devant un ordinateur ! Vous me dites que vous ne pouvez pas vous permettre une petite fête ? » J'ai pleuré.

« Si cette fête d'anniversaire était minuscule, vous auriez juste quelques amis pour un pyjama party avec popcorn, crème glacée, pizza, et un film, c'est une petite fête » : à souligner papa.

« Et celui que nous pouvons nous permettre » : me fit écho maman.

« Ce n'est pas juste ! Je n'ai jamais eu une grande fête d'anniversaire avant ! Même Martin a eu une grande fête de

13 ans ! Tout le monde dans mon école a une énorme fête d'anniversaire 13 ; pourquoi ne puis-je pas en avoir une ? » Je me suis plaint un peu plus. « Ce n'est pas juste ! » « La vie n'est pas juste ».

J'ai tapé mon pied sur le sol et j'ai couru jusqu'à ma chambre, furieuse. Je me suis assise sur mon lit et j'ai poussé un cri ; je savais que je me comportais comme une fille gâtée mais je ne pouvais pas m'arrêter. Je voulais quelque chose d'énorme pour m'introduire dans mon adolescence – pourquoi ne pouvais-je pas juste avoir ce que tout le monde avait ?

Même si j'avais quitté le groupe populaire, je voulais quand même leur montrer que je n'avais pas besoin de l'inébranlable It Clique pour avoir des amis. Skye avait raison – je n'avais pas beaucoup d'amies ; c'était à moi de prouver que je pouvais les faire avec ou sans le groupe populaire.

Pourquoi ne pourrais-je pas avoir des parents qui pouvaient coopérer et accepter ma demande ?

J'avais besoin de détourner mon attention… Que pourrais-je faire d'autre que de constater comment mes parents ne pouvaient pas se permettre une fête d'anniversaire de 13 ans pour leur fille unique ?

Oui ! Commencez à préparer la fête de Talia ! J'avais déjà formulé toutes les questions que j'allais poser à Rayne Weaver pour mes recherches. Même si je n'ai pas la chance de l'interviewer à la fête, du moins avec l'aide de Talia, je pourrais obtenir sa nouvelle adresse en Louisiane pour de futures lettres. De plus, elle pourrait encore lire mes anciennes lettres qu'elle est venue chercher chez Talia.

J'avais besoin de m'habiller pour impressionner, donc j'ai choisi une robe blanche de base que j'ai reçue de ma tante Mary pour mon anniversaire l'année dernière (elle est étonnamment encore en forme). Je portais mes vêtements noirs avec un pull bleu moelleux que ma mère avait récemment acheté pour moi. Je suis allée aux toilettes pour mettre mes vêtements (tout en évitant mes gens) et j'étais satisfaite. J'ai redressé mes cheveux bruns pour les rendre charmants et ondulés, puisque je n'étais pas autorisée à porter de maquillage, j'ai fini le look élégant en posant mes lunettes de soleil bleu foncé (pour ajouter un peu d'épices). Parfait ! J'étais préparée.

Je me suis regardée dans le miroir – j'étais prête.

Mardi 21 janvier 1992

Ce jour-là, pendant les cours de mathématiques, M. Marshall nous a accordé du temps libre avant le déjeuner, alors j'ai informé Carolyn de mon projet de célébrer un 13e anniversaire. C'est un gros ! Je ne lui ai pas parlé de mes motivations spécifiques pour gagner en popularité ni que mes parents étaient contre le prix proposé, mais elle était excitée. En tout cas, il y avait essentiellement une loi non écrite à Coconut Grove Academy que vous deviez avoir un énorme 13 anniversaires de célébration. Tout le monde que je connaissais qui avait 13 ans a eu une grande fête d'anniversaire pour leur journée spéciale, alors pourquoi ne le devrais-je pas ? Je n'avais jamais lancé un grand anniversaire avant, c'était maintenant ma chance !

« Oh, ma bonté ! Votre anniversaire est en février ! Nous aurons juste à planifier toute la chose ! Ce sera rose, avec gâteau, cupcake, ballons et streamers

Oh, ma bonté ! Vous devriez totalement obtenir un animateur ! Ce serait EPIC ! »

J'étais contente que Carolyn ait eu envie de m'aider à planifier ma fête d'anniversaire, mais je me sentais mal que je l'avais tellement excitée parce que… eh bien, que faire si je n'ai pas fini par avoir une fête du tout ?! Oh bien. Nous traversions ce pont quand nous y sommes arrivées.

Quand la cloche sonna, Carolyn et moi nous dirigeons vers la salle à déjeuner pour rencontrer Florence et Lyla afin d'établir une liste d'invitations pour une fête qui n'avait aucune garantie de se produire.

Nous nous sommes réunies à la table de déjeuner, j'ai mis tout ce que je connaissais de l'école et de l'église sur ma liste, même quelques-uns de mes cousins ! J'avais formulé une assez grande liste – tout le monde à

L'école en aurait connaissance. Même si je ne pouvais pas inviter tout le monde en septième année (puisque ce serait beaucoup plus cher et serait juste un centre commercial plein d'adolescents fous) si cela finissait par arriver, je savais que ce serait le discours de la semaine. Cela rendrait surtout Meghan et son équipage jaloux, puisqu'aucune d'entre elles n'allait être invitée de toute façon.

Malgré le fait qu'elle m'aidait à dresser ma liste d'invités, Lyla est apparue préoccupée par quelques bavardages inutiles de la It Clique qui tournaient autour. Skye avait apparemment diffusé à tout le monde comment seul le « peuple populaire » serait invité à la fête de Talia samedi, et combien il serait cool et chic. La bouche forte de Skye avait inspiré un essaim d'impatients à vouloir être des enfants populaires et à se rassembler à la table de It Clique, implorant Talia de les inviter.

Le tout en quelque sorte s'est retourné contre Skye, parce qu'au lieu qu'elle reçoive toute l'attention, c'était Talia qui était la pièce maîtresse. J'ai simplement prié pour que toute l'attention et la « renommée » que Talia recevait ne lui monte pas à la tête.

Mercredi 22 janvier 1992

Carolyn et moi avons été jumelées pour une affectation en anglais, donc pendant le temps du remueméninge, j'ai admis que mes parents avaient dit non au coût de ma fête.

« Eh bien pour être juste, c'est beaucoup d'argent », : a dit Carolyn, « Mais croyez-moi que je serais folle aussi, juste être reconnaissant que vous pouvez même approcher vos parents quand il s'agit de demander de l'argent. La minute que je demande à ma mère pour quelque chose de plus de cinq dollars – Phew ! Elle vole par la fenêtre ». Nous avons tous les deux ri de cela. Les parents peuvent parfois être dramatiques.

J'étais contente que Carolyn ne se fâche pas d'avoir perdu son temps, ainsi que Florence et Lyla en préparant la liste pendant le déjeuner mardi. Même si Mme Sanicharan nous a reproché de nous tromper, le sens de l'humour maladroit de Carolyn m'a aidé à me sentir beaucoup mieux au sujet de ma fête.

*****

C'était notre pause de 10 minutes après ma classe d'exercice, alors j'ai rattrapé Carolyn, Lyla et Florence dans le couloir. J'ai commencé à dire à Lyla et à Florence quels étaient les plans de Carolyn et moi pour notre projet anglais quand Carolyn change la conversation de façon inattendue.

« Ooo ! » a-t-elle glissé, « Alors vous savez combien je suis folle pour l'environnement et aidez les gens à bien… ? »

« Oui », nous avons tous chorégraphié en même temps.

« Nous devrions trouver des bouteilles et les vendre à Bottle Dépôt, puis utiliser le produit pour la fête de Jennifer… En fait, nous devrions créer un club de bénévolat ! » Carolyn divaguait.

« Je suis confuse » : a dit Lyla.

Carolyn a ensuite dit à Lyla et à Florence que mes parents avaient rejeté le parti parce que c'était beaucoup trop cher. Je ne pouvais pas avoir la fête de mes rêves, les deux filles ont convenu que ce serait une bonne idée d'aider à récolter de l'argent pour la célébration.

Carolyn nous a remis une feuille de papier et nous a expliqué qu'elle avait jeté l'idée pendant la classe de mathématiques afin qu'elle n'oublie pas (ce que j'ai fait assez souvent aussi).

THE VOLUNTEER SQUAD!!! Un club où nous aidons les personnes âgées, les sans-abris, donnons des dons, et juste aider le Grove· Nous pouvons récolter de l'argent pour différents événements comme une foire de recyclage, ou des choses comme ça· Nous avons besoin d'au moins 5 membres dévoués et engagés, et ensuite nous ferons du bénévolat· Nous pouvons faire une audition· Ensuite, nous pouvons recueillir des fonds pour répondre aux besoins des étudiants qualifiés· Nous aurons besoin de la participation des parents et du parrainage du Conseil des étudiants· Nous en ferons une société scolaire officielle, mais nous avons d'abord besoin de la permission du directeur·

« Quelle excellente idée ! » : me suis-je exclamé après l'avoir lu ensemble. « C'est une excellente façon de récolter de l'argent pour mon parti ! »

Carolyn m'a levé un sourcil, mais elle l'a rasé.

« Je vais devoir en parler au directeur après l'école, a-t-elle dit, mais je vais vous appeler pour vous faire savoir ce qu'il dira ».

****

Quand Skye est venue vers nous quelques instants plus tard au déjeuner, les filles et moi étions en train de manger tranquillement et en train de discuter de ce que Carolyn allait dire à la directrice afin de lui proposer notre concept d'escouade de bénévoles.

« Allez-vous à la fête de Talia samedi ? » : demanda-t-elle.

J'ai regardé Carolyn ; elle secoua la tête, indiquant clairement que je ne devrais pas lui dire. Je savais déjà que je ne pouvais rien dire à Skye, elle avait pratiquement une maîtrise en sabotage.

« Non, pourquoi ? » : ai-je menti.

« Bon, parce que de toute façon, elle ne voudrait jamais inviter quelqu'un comme vous de toute façon. Elle est notre amie maintenant, pas la vôtre. Elle fait partie de nous maintenant. Nous sommes fondamentalement comme un trio ».

C'était assez humoristique pour moi que Skye ait marché jusqu'à notre table seulement pour me donner cette information sans valeur ! Cette fille était certainement anxieuse.

Talia, d'autre part, avait officiellement rejoint la It Clique, ce qui m'a étonné parce que je pensais qu'elle valait mieux que de s'associer à des gens comme Meghan et Skye.

« Un trio ? C'est trois personnes ! Qui est là ? » : demandai-je.

« Meghan, Talia et moi » : s'écria Skye.

« Hmmm… Évidemment. Alors, qu'est-il arrivé à Emerald, Rosalyn et Charlotte ? » : J'ai demandé avec un rire.

« Ce n'est pas drôle, et elles font toujours partie de la It Clique d'ailleurs. Pas un chassé comme vous êtes ».

« OK ! Bye ! » : Carolyn a parlé, agitant sa main. « Personne ne se soucie ! »

« Quoi que ce soit ! » : rétorqua Skye. Elle me regarda de haut en bas et s'en alla.

Carolyn a obtenu un cinq sur moi pour humilier Skye ; mais tout me paraissait étrange… Normalement, Talia exalterait ce type d'énergie avec une fille comme Skye, mais elle était pendue avec elle à la place.

*****

Quand je suis rentrée à la maison ce jour-là, j'ai réfléchi à l'équipe de bénévoles et à la façon dont il pourrait recueillir des fonds pour mon parti, qui était à seulement 5 semaines de là. Parce que mon anniversaire (26 février) est tombé une nuit d'école, j'ai décidé d'organiser la célébration le samedi 29 février.

Je ne croyais pas que l'escouade des bénévoles m'obtiendrait assez d'argent pour le parti par le biais des bouteilles, il était donc logique d'obtenir le parrainage du Conseil des étudiants. L'Escadron des volontaires devait franchir les obstacles de l'obtention de la permission du directeur et du parrainage du Conseil des étudiants dans les prochaines semaines, et j'ai compris que le système bureaucratique ne serait pas assez rapide.

Je pensais dans ma tête que l'escouade des volontaires pourrait probablement recueillir environ 150 $ pour moi, et le Conseil des étudiants aura approuvé un autre 350 $ (également pour moi), pour un total de 500 $, qui serait utilisé pour mon parti, évidemment ; mais cela ne ferait toujours pas mille dollars. Donc, je suis retournée vers mes parents avec une proposition.

« Maman et papa, vous payez la moitié du parti, et je paierai l'autre moitié » : proposai-je.

Mes parents ont échangé des regards et m'ont dit qu'ils ne pouvaient toujours pas se le permettre. Pourquoi ne pouvaient-ils pas simplement payer 500 $ et me laisser venir avec le reste ? J'étais irritée. Ne voulaientils pas que j'aie un grand 13e anniversaire comme tout le monde ? J'essayais juste de m'intégrer !

« Allez ! » J'ai murmuré : « Vraiment, vraiment, vraiment, je veux ça ! Ne voulez-vous juste pas que je fasse une fête d'anniversaire alors ?! »

«Oh nous n'avons rien contre vous avoir une fête d'anniversaire 13, chérie » : a dit mon père, «Nous ne pouvons juste pas nous permettre de payer toutes les dépenses en ce moment. Si nous mettons 500 $ pour votre fête d'anniversaire, nous devrions supprimer cela de vos frais de scolarité. Vous préférez donc ne pas aller à l'école pendant les 3 prochains mois ? »

« Miel », dit ma mère en me tapant l'épaule, « Vous pouvez avoir votre 13e anniversaire de fête aussi grand que vous voulez qu'il soit, mais si vous voulez quelque chose de grand comme ça, vous allez devoir travailler pour elle. Et n'essayez même pas de demander de l'argent à personne ; vous allez devoir travailler dur pour le pain ».

Ugh ! Tout ce que je voulais, c'était la fête d'anniversaire que je n'ai jamais eu et de souffler tout droit devant le visage de Meghan ! Pourquoi ont-ils dû rendre les choses si difficiles pour moi ? J'ai ressenti des remords, quand j'ai pensé à ce que mon père avait dit au sujet de mes frais de scolarité. Jennifer, voulez-vous faire une fête ou aller à l'école ? La bonne décision était évidente pour moi, mais mon esprit de douze ans était fixé sur la fête d'anniversaire.

MA VIE À MIAMI

Mes parents s'attendaient à ce que je génère 1 000 $ en moins d'un mois ! Février approchait, et je manquais de temps !

J'avais besoin de passer par ma stratégie de parti et de commencer à baisser les dépenses parce qu'il n'y avait aucun moyen de rassembler tout cet argent en seulement un mois.

Tout d'abord, la liste des invités de quarante personnes a dû passer à 20 personnes

Le coût $ $ $

Lieu : Community Entertainment

Nombre de participants - ~~40~~ 20 (GRRR!!!)

Durée de la fête - ~~3 heures~~ 2

Locations d'une chambre pour la fête @ 50 $/heure - ~~150 $~~ 100 $

Nourriture pour - ~~40~~ 20 personnes ~~15 $ - 600 $~~ 300 $

Sacs Goodies pour 25 enfants - 125 $

Décorations - ~~200~~ $100 $

Nouveau total (UGH!) - 500 $

J'ai souri en regardant ma liste, même si je ne pouvais pas inviter autant de personnes que je l'espérais, je pourrais financer le parti grâce aux fonds de l'Escadron de bénévoles et du Conseil des étudiants. Tout allait se passer parfaitement !

Ou alors j'ai pensé, jusqu'à...

Jeudi 23 janvier 1992

Lyla, Florence et moi avons attendu dans la cour avant la classe ce matin-là pour voir Carolyn et nous faire savoir si le directeur avait approuvé l'idée de notre escadron de volontaires. Nous n'avons eu que cinq minutes de plus avant d'entrer en classe lorsque Carolyn est sortie de la voiture de sa mère avec une énorme affiche à la main.

« Le directeur a dit oui ! » : a crié Carolyn quand elle est venue vers nous.

Carolyn nous a montré l'affiche qu'elle avait faite pour l'équipe des Volontaires, et j'ai gazé : « C'est incroyable ! »

« J'ai passé toute la journée hier à travailler dessus, je sais que je vous ai dit que je vous appellerais, mais j'ai été rattrapée par les devoirs » : s'est-elle excusée.

« C'est bien » : a crié Lyla, « Oh en passant, Jennifer, comment se passe votre fête d'anniversaire ? »

« Mes parents ont encore dit non ! » J'étais super contente qu'elle ait demandé.

« Maintenant, nous devons juste trouver comment récolter tout cet argent en si peu de temps », Carolyn tape sur son menton. « Nous allons certainement réduire les coûts… Ou peut-être que vous n'avez pas vraiment à avoir une grande fête. Nous pourrions tous avoir un groupe de bénévoles ! »

« Faisons l'idée du lecteur de bouteilles ; il amasserait tellement d'argent ». J'ai suggéré, ignorant la suggestion que Carolyn avait faite.

« Je ne pense pas que nous devrions garder cet argent pour nous-mêmes » : a commenté Florence,

« Non ! » : me suis-je exclamé soudainement : « J'ai besoin de cet argent pour mon parti ».

« Oum… Je ne pense pas que c'est comme ça que ça marche, Jen » Carolyn a ri en me donnant un drôle de look ; presque en me regardant comme si j'étais folle. J'étais tellement confuse. Pourquoi n'a-t-elle pas obtenu mon point de vue ?

« Mais je pensais que le but de ce club était d'obtenir de l'argent pour lancer ma fête » : ai-je dit.

Carolyn plia les bras et regarda le sol. « Vous l'avez dit hier » : lui ai-je rappelé.

« Écoutez… Ce n'est pas juste pour nous d'utiliser l'argent de collecte de fonds pour votre fête d'anniversaire » : m'a dit Carolyn. « Et je ne voulais pas dire que le club était pour votre fête, je dois avoir mal exprimé mon idée ».

« Quoi ? Alors quel est l'intérêt de ce club alors ?! » : me, je suis exclamée.

« Oum… Bonjour ! » : Lyla a cuisiné alors qu'elle agitait l'affiche de Carolyn dans mon visage. « Faire une meilleure communauté ».

« Alors comment allons-nous payer mon parti ? » : ai-je demandé en élevant un peu ma voix.

« Nous pouvons trouver une autre voie ; peut-être une vente au four, et les gens aiment la limonade » : a répondu Carolyn.

« Tu sais quoi ? », j'ai perdu l'espoir dans le tout, « Juste oublier la fête des muets ! Concentrons-nous sur l'équipe de bénévoles ».

« Hé ! » : Florence a dit : « Ce n'est pas si gros que ça, Jennifer. Ce club est destiné à aider la communauté, pas à des fins personnelles ».

J'en avais assez de la conversation. Je me suis précipitée dans l'école dès que la cloche a sonné, ne disant rien à aucune des filles.

****

Carolyn et moi n'avons pas beaucoup parlé le reste de la journée. Nous avons tous dû sauter le déjeuner pour faire plus de dépanneurs pour notre club dans la bibliothèque, donc It Clique ne pouvait pas voir ce que nous étions jusqu'à ce moment.

Je faisais une pause dans le couloir quand j'ai remarqué Kristy, la présidente du Conseil des étudiants, et j'ai pensé que ce serait un bon moment pour lui parler de mon parti.

« Hé, Kristy, j'ai voulu vous parler ! » Je l'ai agitée. Elle m'a souri et a marché dessus.

« Hé, Jennifer, qu'est-ce qui se passe ? »

Kristy et moi n'étions pas particulièrement proches, mais nous étions camarades de classe dans la même classe d'histoire.

« Oh, j'avais cette idée super cool, et j'avais besoin de me faire parrainer par le Conseil. Pensez-vous que vous pouvez m'aider ? »

« Eh bien, ce n'est pas seulement ma décision ; l'ensemble du conseil doit voter à ce sujet. Je vais essayer de voir si je peux vous réserver dans l'une des réunions du conseil d'administration pour voir si vous pouvez présenter votre idée » : dis Kristy

J'ai croisé mes doigts derrière mon dos.

« Rappelez-vous qu'il n'y a pas de chance garantie. Quelle est votre idée ? » Kristy demanda curieusement : « Est-ce un événement ? »

« Oui, en fait, c'est pour mon 13e anniversaire, j'ai besoin de l'argent pour payer la nourriture, les décorations, la chambre, et bien plus encore » : Je dis avec enthousiasme.

« Attendez, vous plaisantez, non ? … Ouais oui, nous ne parrainons pas les fêtes d'anniversaire ou les célébrations personnelles, en plus de la graduation » : a ri Kristy, « mais bonne chance avec votre fête ! »

Je suis retournée à la bibliothèque me sentant absolument vaincue. N'y avait-il vraiment aucune chance que je participe à une fête d'anniversaire ?!

*****

Après l'école, Florence m'a demandé si je pouvais apporter les dépanneurs, nous sommes rentrées à la maison pour en faire quelques exemplaires. Même si je n'étais pas aussi intéressée par l'équipe de bénévoles, puisque mes rêves de parti ont été écrasés, j'ai décidé de juste lancer et d'aider. Après mon petit désaccord avec Carolyn, c'était le moins que je pouvais faire.

Vendredi 24 janvier 1992

La veille, j'avais demandé à Martin de se lever tôt pour que nous puissions aller à l'école assez tôt pour donner à Carolyn les affiches de l'Escadron des Volontaires, mais mon frère avait dormi, et nous étions en retard.

J'ai dû me rendre au bureau pour récupérer mon bordereau tardif. Les étudiants de Coconut Grove Academy n'ont pas été autorisés à sauter dans les couloirs, mais j'ai eu des cours d'histoire ce matin-là, et mon professeur méprisait le retard.

Quand je suis allée à mon casier pour mettre mon sac à dos après avoir obtenu un glissement tardif, j'ai découvert une note collante bleue glissée à l'intérieur…

Hey Jennifer ! C'est moi, votre personne préférée sur terre, Talia ! Je voulais juste vous dire de me rencontrer dans les toilettes de la fille de septième année immédiatement vous voyez cela, d'accord ? Ne me fais pas attendre… Ou bien.

Pourquoi Talia avait-elle toujours un ton menaçant dans sa voix quand elle me parlait ?! Je ne voulais pas aller rencontrer Talia parce que j'ai supposé que ce serait juste Meghan en train de se brouiller avec moi une fois de plus, mais ma curiosité a eu le meilleur de moi.

« Hé, je voulais t'inviter à un hangout cool pour les filles et j'ai… », dit Talia quand j'ai ouvert la porte des toilettes.

« Les filles ? » J'ai demandé.

« Skye, Rosalyn, Emerald et Charlotte – Meghan ne veut pas venir, parce que je t'ai invitée ».

« Et Skye le fait ? »

« Je ne lui ai pas dit que tu venais, tout comme je ne lui ai pas dit que tu venais à ma fête demain », Talia s'est regardée dans le miroir et a joué avec ses cheveux.

« D'accord, mais qu'allons-nous faire ? » : ai-je demandé ? Je n'allais pas accepter de faire n'importe quoi.

Talia m'a regardé, « OK, OK, je sais que ça semble fou à un alésage comme vous, mais…- ».

« Ne m'appelez pas un alésage » : dis-je en mettant les mains sur mes hanches, « Si vous m'avez amené ici juste pour m'insulter, je pars ».

Silence.

« De toute façon ! » : dit-elle sarcastiquement, ne répondant pas à ma remarque « Nous avions l'intention de sortir dimanche soir, pour faire un pique-nique amusant ensemble et de regarder le coucher du soleil ».

« Ouais, inviter avant bientôt ».

« Non, » : J'ai dit fermement, je pense que la fête a suffi, je n'ai jamais collé dehors de toute façon. Je ne planifie pas non plus trop sortir à n'importe quel moment.

Était-elle folle ? Se faufiler dans l'obscurité ? La nuit ?! Savait-elle à quel point c'était dangereux !

Talia a ri, « Vous n'avez jamais grignoté avant ? Eh bien, il est grand temps que vous l'ayez vécu ! C'est vraiment amusant ! »

« Talia, nous sommes un tas de filles innocentes de 12 ans ; nous pourrions facilement être enlevés, ou pires ! Beaucoup de mauvaises choses pourraient arriver !

«Oh, allez, Jennifer ! Ne soyez pas un wimp ! Tu dois y aller ».

« Je n'ai rien à faire ; pourquoi est-il si important que j'aille de toute façon ? »

« Eh bien parce que je ne veux pas être seule avec toutes ces petites filles ».

« Si vous les haïssez tant, pourquoi êtes-vous pendus avec eux ?! »

« Ce ne sont pas vos affaires, Chevrolet » : dit-elle, agitant sa main avec consternation sur moi.

« Je ne me sens pas à l'aise de sortir. C'est stupide de toute façon ».

« Fine. Si vous ne voulez pas venir, ne vous attendez pas à rencontrer la célèbre Rayne Weaver ».

Wow.

Je ne pouvais pas croire que Talia utilise son parti pour me manipuler. Talia était un pur mal ! J'avais besoin d'entrer en contact avec Rayne Weaver, et même si Talia ne savait probablement pas pourquoi, elle était clairement consciente que je voulais désespérément, et utilisait cela contre moi. Pourquoi les gens devaient-ils être comme ça ?

« Dis simplement oui » : a ri Talia, tout en interrompant mes pensées.

- Talia, tu n'es pas juste, lui dis-je,

« Welp », dit-elle en me tapant sur l'épaule, « La vie n'est pas juste ; il faut s'y habituer, Chevrolet ».

Talia est sortie des toilettes et a regardé sa tête à l'intérieur, « Vous avez jusqu'à demain pour me faire savoir par le biais ». Qu'allais-je faire ?!

*****

J'étais désespérée de rencontrer Rayne Weaver. J'ai dû la rencontrer. J'étais certain que si je l'interviewais, j'aurais de bonnes chances de remporter le concours de l'auteur du projet, ce qui me permettrait d'aider ma famille à rembourser l'hypothèque et à emménager dans une propriété plus agréable. Le prix de la première place était de 10 000 $, ce qui serait vraiment bénéfique pour ma famille ! C'était plus qu'un désir ; c'était une exigence.

Le plan principal de Talia était pour nous de « sortir », mais je pensais que c'était idiot et dangereux. Alors, j'ai décidé de demander à ma mère de me déposer, et puis j'ai pu faire semblant à Talia que je me suis glissée quand je ne l'ai pas fait.

J'ai décidé de demander à maman, au lieu de mon père, parce qu'elle était un peu plus ouverte aux choses que mon père.

Mes parents ne se sont pas toujours entendus. Ils avaient agi comme des étrangers vivant dans la même maison pendant un certain temps, mais ce n'était jamais quelque chose de grave, comme des combats ou de la violence. Je n'avais jamais vraiment vu des parents être amoureux avant, donc j'ai supposé que ce fût typique.

Je connaissais quelques personnes qui avaient des parents qui combattaient tout le temps, mais heureusement pour moi, je n'avais vu mes parents argumenter qu'une ou deux fois. Bien que, cela me rendait triste quand il semblait qu'ils n'étaient plus vraiment amoureux.

Plus je pensais au plan pique-nique, moins il semblait comme une idée horrible. Ne vous méprenez pas, je n'aimais pas le fait que nous allions défier nos parents, mais ce n'était pas comme si nous allions dans une discothèque ou quelque chose. C'était juste un pique-nique de plage inoffensif ; oui, c'était avec certaines des personnes les plus odieuses du monde, mais ce n'était pas comme si nous faisions quelque chose d'illégal.

« Absolument pas » : a sifflé ma mère quand j'ai demandé si je pouvais y aller.

« Maman ! S'il vous plaît ! C'est juste un pique-nique à la plage ! » : J'ai pleuré.

« D'ailleurs, n'allez-vous pas à cette fête dès demain ? Oui, donc non ».

« Mais maman ! »

« Si vous me demandez encore une fois, vous n'irez pas à cette fête d'anniversaire demain ».

Je suis allée à l'étage à ma chambre sans un mot. Tout ce que je pouvais entendre était non, non, et plus non. Et j'en avais assez.

J'avais besoin de rencontrer Rayne Weaver pour le bien-être de ma famille. Je savais que Talia me manipulait, mais ça n'avait pas d'importance parce que je devais le faire. Je voulais aider ma lutte.

Je devais le faire aider Maman et papa pour acheter leur maison de rêve dans la banlieue, je le leur devais.

Je devais le faire même si j'étais pris. Ma famille ne comprendrait pas pourquoi je me suis glissée en premier lieu, mais je le leur expliquerais un jour.

Je me suis souvenu le moment où Martin s'est envolé pour l'une des parties de son ami quand il avait seize ans. Mon père était furieux ; je ne l'avais jamais vu aussi fou auparavant. Mon père n'a pas permis à Martin de conduire pendant une longue période (Martin ne possède pas de voiture, mais possède un permis de conduire), il l'a immobilisé pendant un mois et lui a confié plusieurs tâches supplémentaires. Ça allait être horrible pour moi, mais quelle autre option avais-je ?

Talia était ravie quand j'ai appelé pour l'informer que j'allais au pique-nique. Elle m'a également fait savoir que sa mère était arrivée à Miami plus tôt ce matin-là et qu'elle séjournait dans un hôtel.

MA VIE À MIAMI

Soudain, toute ma peur face à la panne de dimanche a été couverte par l'excitation de rencontrer Rayne Weaver. Ce serait le meilleur jour de ma vie !

Samedi 25 janvier 1992

Briiiinnnggg ! Ce matin-là, je me suis réveillée. Il était huit heures du matin, un moment rare pour quelqu'un comme Jennifer Chevrolet de se réveiller (j'étais tout à fait la tête dormante qui s'est réveillée à midi les samedis). Cependant, cette journée était spéciale – j'allais rencontrer la clé de mon succès… Rayne Weaver !

J'étais statique de rencontrer Rayne Weaver, mais je détestais le prix que je devais payer pour cela. Même si je savais que c'était stupide, je n'avais d'autre choix que de le faire en premier lieu.

Depuis la naissance de Martin, ma famille et moi vivions dans notre petit appartement de trois chambres. Nous l'avons tous méprisé ; mes parents parlaient quotidiennement de déménager dans une nouvelle maison en banlieue. Nous avions toujours l'habitude de conduire autour du Grove en regardant les maisons et en discutant de celles que nous préférions et pourquoi. Si je pouvais gagner tout cet argent dans le concours de l'auteur du projet, ce serait un énorme avantage pour ma famille.

C'est pourquoi rencontrer Rayne Weaver à la fête de Talia était si essentiel pour moi. J'allais être furieux avec Talia si elle me mentait au sujet de la venue de sa mère en premier lieu.

****

Il était enfin temps pour la fête ! J'étais une épave nerveuse ! Ce qui était censé être un vingt minutes de voiture se sentait comme 20 heures, avec le trafic trépidant typique de Miami. J'ai persisté à exhorter mon père à conduire plus vite jusqu'à ce qu'il se soit finalement nourri et a dit : « Essaies-tu de me procurer un ticket de vitesse ?! Parce que si je le fais, c'est toi qui le payeras ».

Donc, j'ai juste abandonné et je me suis assise à l'arrière de la voiture en solitude. Pourquoi tout le monde devant nous ne pouvait-il pas aller plus vite ?

Nous sommes finalement arrivés en une seule pièce et à temps. La maison de Talia était une superficie juste à l'extérieur de Miami. Un grand manoir spacieux avec environ 4 000 pieds carrés d'espace de vie et une grande salle où les invités étaient divertis, et la musique a prospéré à travers les haut-parleurs. C'était une immense maison ! Talia n'a certainement pas révélé que ses parents étaient riches ! La maison de Meghan n'était rien comparée à celle de Talia !

La maison de Talia était remplie ce samedi, avec des gens de l'école et quelques-uns que je n'avais jamais vus auparavant. C'était fou. Une fête très tendance style 90' s, de niveau secondaire. C'était probablement l'une des parties les plus cool à laquelle je n'avais jamais été.

Je savais que Talia devenait célèbre à l'école (malgré le fait qu'elle n'avait été là que trois semaines), mais j'étais stupéfaite par le nombre de personnes qui reconnaissaient qui elle était. Étaient-ils tous les invités de Talia, ou étaient-ils une extension des invitations de la Clique, qui a réellement diffusé la fête pour elle ? Étaient-ils seulement ici pour s'amuser, ou y avait-il une bataille de popularité non déclarée en cours ? Combien d'entre eux se sont contentés de se vanter d'avoir assisté à la fête des 13 ans de Talia ?

Combien d'entre eux se contentaient de succomber à la It Clique pour rejoindre le groupe le plus populaire de l'école ? Toutes ces pensées m'ont traversé l'esprit alors que je flânais dans la fête mûre de Talia.

Meghan allait basculer quand elle a vu que j'avais été invitée. J'essayais d'éviter le drame avec elle – mais je devais l'avouer, j'avais secrètement hâte de voir le regard sur le visage de Meghan quand elle me verra à la fête de Talia.

J'ai attendu que ma nouvelle meilleure amie Carolyn arrive dans la tanière. J'avais vu Talia quelques fois, mais je n'ai pas encore eu la chance de lui souhaiter un joyeux anniversaire. Donc, j'ai simplement placé mon cadeau pour elle avec le reste des cadeaux. Même si mon cadeau pour Talia était petit, j'espérais vraiment qu'elle l'aimerait. Après tout, elle allait de toute façon recevoir un tas de cadeaux pour son 13e anniversaire. Je lui avais donné des bombes de bain mignonnes, des stylos mignons, un cahier, et une carte avec une note gentille.

Joyeux anniversaire Talia ! J'espère que 13 vous traite bien et que vous avez un anniversaire incroyable ! — Jennifer :)

J'ai commencé à regarder l'énorme pile de cadeaux pour Talia dans le coin. Mon petit sac cadeau n'était rien comparé à eux. J'ai alors commencé à me demander quel type de cadeaux j'aurais reçu si j'avais organisé ma propre fête…

J'étais sur le point de me lever du canapé pour aller chercher quelques jetons quand j'ai remarqué Emerald et Rosalyn se promener. Je suis immédiatement entrée dans la clandestinité. Après avoir quitté le groupe populaire, Emerald, Charlotte ou Rosalyn ne m'avaient pas été grossiers de la même façon que Meghan et Skye, mais je ne voulais pas être lié à quoi que ce soit qui avait à voir avec le groupe populaire. Ce n'était plus sain pour moi d'être une des amies avec des gens comme eux. En dehors de notre pique-nique sur la plage, je me suis convaincu que ce serait la première et la seule fois que nous serions au même endroit ensemble en dehors de l'école.

Je suis allée au sous-sol en faisant un détour par le manoir massif de Talia. La majorité de la fête se déroulait à l'étage dans la cuisine et la fosse, donc il n'y avait pas beaucoup de gens dans le sous-sol. Je ne voulais pas que trop de gens sachent que j'étais là, au cas où ils en parleraient à Meghan.

J'avais enfin relâché quand Carolyn est entrée dans le sous-sol à ma recherche.

« Hey Jen ! » : a appelé Carolyn quand elle m'a vu « Qu'est-ce que tu fais ici, tout le fun est à l'étage ! » « Rien, se cachant juste de la Clique il », je riais.

« Oh ! » : Carolyn Giggled. « Je suis tellement excitée pour cette fête ! C'était tellement agréable à Talia de m'inviter, et toi aussi ! Bien qu'elle soit amie avec Meghan et tous, Talia semble être une très belle fille ! »

« Oui, je le souhaite » : murmura-t-elle sous mon souffle en pensant au pique-nique.

« Quoi ? »

« Oh rien ».

« J'aurais aimé que Florence et Lyla soient venues, poursuit Carolyn, la maison de Talia est immense ! Ses parents sont chargés ».

« Oui, eh bien, sa mère est une auteure » : lui ai-je dit – Carolyn était déjà consciente de mon désir de rencontrer Rayne Weaver ; elle n'était tout simplement pas au courant du concours de l'auteur du projet. Je n'ai dit à personne que j'avais l'intention de concourir pour qu'ils ne puissent pas réduire mes chances de gagner, et j'ai prévu de le garder de cette façon.

« Oh, pas seulement sa mère ! Son père est un agent immobilier, Lyla m'a dit hier. Il possède un tas de bâtiments à Coconut Grove ; il est même propriétaire du bâtiment en face de la mienne » : rambarde Carolyn.

« Il n'y a aucune façon que c'est vrai, probablement juste une autre rumeur que Skye a commencée », je riais, en pensant à au moment où Talia a dit que son père était un enseignant. « Son père est enseignant : a-t-elle dit le premier jour de l'école. Souvenez-vous ? »

« Elle mentait probablement pour cacher son argent ou quelque chose » : me dit Carolyn, « Vous connaissez la société immobilière TW MAX ? »

« Ouais ».

« C'est la compagnie de son père. Il a été nommé d'après Talia, Talia Weaver Max Real Estate ».

J'ai été prise au dépourvu. Pourquoi Talia mentiraitelle à ce sujet ?! Il n'était pas logique pour moi pourquoi quelqu'un cacherait le fait que leurs parents étaient riches.

« Peut-être qu'il possède une école » : me dit Carolyn, « Peut-être que dans son esprit qui elle le classe comme étant un enseignant ».

Même si les mensonges de Talia m'ont laissé perplexe, l'exaltation de rencontrer Rayne Weaver m'a obscurcie. Carolyn et moi avions prévu de passer toute la fête au sous-sol, mais quand nous avons entendu quelques personnes discuter de la pizza ci-dessus, nous n'avons pu nous empêcher d'avoir faim. Même si je voulais éviter toute interaction avec la It Clique à la fête de Talia, je devais lui souhaiter un joyeux anniversaire (malgré le fait qu'elle ne nous a jamais dit quand son anniversaire était) donc elle savait que Carolyn et moi étions là en premier lieu (il était difficile de trouver où elle se trouvait dans une si grande maison).

Carolyn et moi sommes allées discrètement à l'étage et nous avons attendu tranquillement que Meghan et son équipe quittent la cuisine, puis soient allées à l'intérieur de l'immense cuisine et aient attrapé nos tranches de pizza. Nous étions sur le point de retourner au sous-sol quand Talia est apparue de nulle part et a marché vers nous.

« Salut Talia ! Joyeux anniversaire ! » : J'ai dit avant qu'elle ne puisse rien dire. « Merci beaucoup de m'avoir invitée ».

« Vous allez me rembourser de toute façon, donc …»Talia regardait Carolyn de haut en bas, « Vous êtes les bienvenus aussi ».

Carolyn m'a lancé un drôle de regard, puis a donné un autre Talia, « Merci, j'ai laissé votre cadeau avec le reste d'entre eux », elle a répondu nonchalamment.

Talia a hurlé et s'est tournée vers moi (jouant pratiquement comme si Carolyn n'était même pas là). « Alors, comment jouissez-vous de la fête jusqu'ici ? »

« Assez bien » : ai-je répondu, « Il y a beaucoup de gens ici ».

« Ouais, Meghan voulait que j'aie une bonne quantité de gens ici, alors – nous sommes là ! » : dit-elle, balayant la pièce avec ses mains sur ses hanches.

« Alors, vous écoutez les ordres de Meghan maintenant ? » : J'ai ri d'elle.

« C'est juste super frustrant puisque si mon père découvre que j'ai cette fête, il va me tuer » : a dit Talia au hasard sans répondre à ma question.

« Hé ?! » : Carolyn et moi nous sommes exclamées sous le choc.

Talia m'a souri : « Oh ? Vous ne saviez pas ? J'ai dit à mon père que ma mère serait ici pour superviser la fête, et j'ai dit à ma mère que mon père le serait. Ils ne parlent jamais donc ça n'a pas vraiment d'importance ». « Wow ! » : Carolyn s'est exclamée.

« Talia ! Pourquoi le feriez-vous ?! Cela signifie donc que votre mère ne viendra pas ? »

« Oh, elle va venir, juste un petit moment pour me donner mon présent et ramasser ses lettres. Vous pouvez lui parler pendant qu'elle passera en faisant cela » : a dit Talia.

« D'ailleurs, qu'est-ce qu'une fête cool quand les parents sont là ? »

« Talia, une fois que ma mère et mon père vont découvrir que je suis allée à une fête sans surveillance parentale, ils vont être si fous ! » : je l'ai réprimandée.

« D'accord », Carolyn.

Talia regardait Carolyn de haut en bas, et il y avait un silence maladroit.

Il était alors logique pourquoi la maison de Talia était si emballée ! Il n'y avait pas de parents ! C'était fou ! Talia avait le personnage le plus décalé que j'avais jamais vu, on ne pouvait jamais la comprendre.

Talia était sur le point de dire quelque chose quand quelqu'un a buté en moi et a renversé un soda partout sur ma robe bien-aimée.

« Caleb ! » : s'est exclamée Carolyn : « Qu'est-ce qui ne va pas ! ? »

Le garçon s'est rapidement excusé, m'a offert des serviettes de papier et s'est éloigné. Les garçons !

« Voulez-vous dire que cela est normal que ça se produise ? » Je me suis tournée vers Talia avec colère : « Ta mère n'allait jamais venir, et tu étais juste là pour m'embarrasser ?! »

«Bonté, Chevrolet ! Vous posez tant de questions » : Talia riait, elle semblait très amusée par le fait que ma robe était teintée de soude.

« Pourriez-vous arrêter de m'appeler par mon nom de famille ? » : me suis-je plaint, « C'est vraiment ennuyeux ».

« Alors, vous me posez un tas de questions comme si je ne connaissais pas mon truc, mais est-ce que je me plains ? »

« Tu viens de le faire »

« Oum… Excusez-moi ?! Que fit-elle ici ?! » Une voix haut placée nous retentissait derrière nous.

Je me suis retournée pour voir Meghan avec ses mains sur ses hanches et toute la It Clique derrière elle. Carolyn criant au gars qui a ruiné ma robe doit avoir attiré leur attention. La Grande Meghan a marché jusqu'à Talia : « Talia ! Je vous ai dit combien de fois, je ne veux pas être où qu'elle soit ! »

« Oui ! » Skye a appelé.

« Taisez-vous, Skye ! Je vous ai dit de lui demander si elle était invitée et vous avez dit non. Vous saviez qu'elle allait être ici » : a aboyé Meghan à sa meilleure amie soudainement.

Carolyn et moi nous sommes regardées comme incrédules. Aucun de nous n'avait jamais entendu Meghan parler à Skye comme ça auparavant. Je ne pouvais pas croire que Meghan affiche une telle attitude envers moi étant à une fête d'anniversaire qui n'était même pas la sienne.

« Mais elle… » : Skye était sur le point de dire.

« Ne dis pas un autre mot » : dis Meghan à Skye dangereusement.

Qui dans le monde Meghan pensait qu'elle était ?! C'était le parti de Talia, pas le sien. Elle n'avait pas le droit de décider qui était invité ou non. Cela n'avait aucun sens pour moi pourquoi Talia était juste debout là en prenant toutes les insultes.

Tout le monde dans l'immense demeure de Talia était venu à la cuisine pour voir l'agitation que Meghan et ses petites amies provoquaient. Meghan provoquait tellement une scène que j'étais embarrassée pour elle !

« Et pourquoi lui parlez-vous, Talia ?! Il est très précis que si vous voulez faire partie de nous, vous ne puissiez pas parler aux anciens membres. Jamais ! Seulement moi je peux le faire ! Parce que je suis responsable » : a crié Meghan.

Je savais que Meghan faisait référence à moi, mais elle n'avait jamais utilisé mon nom. Wow ! Meghan m'a-t-elle tellement méprisée qu'elle a refusé de reconnaître que j'avais un nom ? Ugh.

« Ne parlez pas d'elle, ne lui parlez pas à moins que je vous le dise, ou même que je lui dise son nom ! Tout le monde dans le groupe populaire suit mes règles ! » : a dit Meghan.

Je voulais rire. Meghan était tellement bosseuse que cela n'avait aucun sens pour moi que quiconque voudrait même être ami avec elle.

J'ai regardé Talia. Allait-elle juste laisser Meghan l'écorcher comme ça ?!

« Vous n'êtes le patron de personne, Meghan » : dit soudainement Carolyn et calmement.

Oh fillette ! J'ai regardé avec peur Carolyn alors que l'œil de Meghan passait de Talia à elle.

« Qu'est-ce que tu m'as dit ? » : demanda Meghan d'une voix encore dangereuse.

« Je lui ai dit, tu n'es le patron de personne, Meghan » : lui a dit Carolyn avec un sourire.

Le visage de Meghan est devenu rouge. Meghan Benjaminson était littéralement en forme avec quelqu'un qui était invité à une fête d'anniversaire qui n'était même pas la sienne. Elle était aussi folle de voir Carolyn contester son autorité. Meghan était si ridicule. Carolyn était mon amie ; et c'était ma bataille, pas la sienne. Elle n'a pas eu à me défendre à elle seule ; je devais le faire moi-même.

Ce n'était pas la bataille de Carolyn Howard contre Meghan Benjaminson. C'était la bataille de Jennifer Chevrolet contre Meghan Benjaminson.

- Meghan, dis-je, laisse-la tranquille.

« Jennifer ne me parle pas » : a lancé Meghan.

« Benjaminson, je fais ce que je veux. Vous n'êtes pas mon patron ! Ce n'est pas votre maison ; ce n'est pas non plus votre fête, c'est celle de Talia. Donc, si elle veut m'inviter, ce n'est pas votre affaire. Talia a le droit d'inviter toute personne qu'elle désire. Vous l'avez obtenu ? »

Je ne savais même pas pourquoi j'avais défendu Talia, mais j'ai dit ce que j'avais dit, et je n'ai jamais voulu le reprendre.

J'étais étonnée alors que tout le monde criait à Meghan, ce qui veut dire que je l'avais assez mal traité. J'ai regardé son visage tourner en rose vif. Pour une fois, Meghan Benjaminson a été retirée de son haut cheval et humiliée. C'était agréable de lui tenir tête, j'avais l'impression d'avoir dit ce que je tenais depuis si longtemps. J'étais très fière de moi.

Je n'avais jamais vu Meghan regarder de façon aussi embarrassée et en colère en même temps. Elle avait l'air de vouloir exploser.

« Ce n'est pas fini, Jennifer » : me dit-elle. « Vous avez peut-être gagné la bataille, mais vous n'avez pas gagné la guerre ».

La ligne de bataille avait été tracée.

J'ai regardé Talia. Elle a simplement roulé les yeux et secouer la tête, et pas un mot n'était sorti de sa bouche.

Meghan s'est tourné vers la Clique ; j'ai jonglé avec Carolyn, alors qu'Emerald essayait de lui tailler l'épaule (probablement pour la consoler).

« Écoute, je quitte cette fête ; il vaut mieux partir avec moi maintenant ou devenir la prochaine Chevrolet » : a crié Meghan au groupe populaire. « Allez saisir vos trucs. Nous sommes parties... Parti... Talia, tu restes ! »

« Je n'avais pas l'intention de venir » : ai-je entendu Talia se muer sous son souffle. C'était tout ce qu'elle avait à dire à Meghan après qu'elle lui eut crié. Wow.

Les filles embrouillées partout à la recherche de leurs choses et avec un claquement de porte, le groupe populaire avait quitté la fête de Talia deux heures plus tôt. Wow.

Tout ce dilemme à la fête d'anniversaire de Talia était mon signe numéro un pour ne jamais inviter le groupe populaire à l'un de mes fêtes – pas que j'allais même en avoir un de toute façon.

De toute façon... Score 3 Jennifer. Score 1 Meghan.

J'étais en tête ! Whoop ! Whoop !

*****

J'en étais malade. Cela faisait une heure que c'était parti, ma robe blanche était encore teintée de soude bleue, et la maman de Talia n'était toujours pas arrivée. J'étais sur mon chemin pour aller affronter Talia quand j'ai entendu un ding, dong à la porte qui a attiré mon attention.

J'ai regardé Talia passer à la porte et l'ai ouverte...

Je ne pouvais pas y croire ! J'ai regardé la porte ; le temps s'arrêtait presque alors que je regardais une femme entrer dans la maison... RAYNE WEAVER !!!

Je l'ai immédiatement reconnue dans ses livres et j'ai appelé Carolyn à l'entrée. Je ne pouvais pas croire que j'étais dans la même pièce que Rayne Weaver. C'était fou.

Talia a reçu un gros câlin Momma Bear de Rayne Weaver. C'était surréaliste de la voir tenant un massif gâteau violet et grand sac cadeau dans ses mains.

Je ne pouvais pas croire que j'étais dans la même pièce que mon auteur préféré. Rayne Weaver était arrivée, et j'étais ravie, mais inquiète qu'elle ait pu découvrir qu'il n'y avait pas du tout d'adultes dans la maison de Talia et qu'elle décide d'arrêter toute la fête (comme n'importe quel parent normal). Je ne pouvais m'empêcher de me demander comment Talia allait l'enlever.

Talia, comme le reste du groupe populaire, a toujours fait semblant d'être beaucoup plus âgée qu'elle. C'était étrange ; ne pouvaient-elles pas simplement ralentir et apprécier d'être adolescentes ?

« Oh mon dieu ! Oh mon dieu ! Oh mon dieu ! C'est littéralement Rayne Weaver ! » : J'ai ciselé.

« Je sais, je sais ! » : Carolyn a sauté de haut en bas reflétant mon excitation.

Talia a présenté sa mère à tout le monde, et après la coupe du gâteau et le chant de « Happy Birthday to You » à Talia, j'ai finalement pris ma photo pour parler à Rayne Weaver.

« Salut Mme Weaver » : J'ai agité, marchant vers elle. Elle mangeait son gâteau seule au comptoir pendant que les enfants se séparaient. Elle me regarda avec Carolyn.

Je me suis alors rendu compte que je devais l'appeler Mme Benjaminson et pas Weaver plus.

« Je – je dois dire – je dois dire, je suis une grande admiratrice ! » : ai-je bégayé. Je voulais me taper au visage. Venez chez Jennifer, TALK ! J'ai lu tous vos livres.

Ils sont les plus grands ! Tu es une telle inspiration pour moi, et je mourrai d'envie de te rencontrer ».

MA VIE À MIAMI

Ugh ! Pourquoi ne pouvais-je pas agir normalement ?!

 Mme Benjaminson vient de rire et de me remercier. Je lui ai bravement demandé si je pouvais lui poser quelques questions. J'ai croisé mes mains derrière mon dos pour qu'elle dise oui.

Heureusement, elle a accepté gracieusement, et nous a invités à nous asseoir avec elle. J'ai vu Talia au coin de mon œil quand j'ai commencé à discuter avec Rayne Weaver Benjaminson et je lui ai donné un pouce. Talia a fait la sourde oreille.

Je ne pouvais pas croire que je parlais en fait avec Rayne Benjaminson ! C'était fou ! Au cours de notre courte interview (de moi à lui poser quelques questions de base sur sa vie et lui dire combien j'aimais écrire), j'ai fait un point de mentionner que j'avais envoyé ses lettres pendant près de deux semaines sans réponse sans réaliser qu'elle ne les a jamais reçues en premier lieu, et que Talia avait emballé toutes les lettres ensemble pour qu'elle lise (juste dans le cas où Talia a essayé de faire quelque chose de drôle avec les lettres).

« Oui, j'en suis désolée, je viens juste de prendre ces lettres » : s'est excusé Rayne Benjaminson, « Je vais vous donner mon adresse personnelle et mon numéro de téléphone, afin que vous puissiez m'envoyer des lettres ou m'appeler directement ».

Oh, ma bonté !! Je ne pouvais pas y croire ! Mon héros me donnait une carte blanche et son numéro de téléphone pour se connecter à tout moment ! ça sentait un bon coup du ciel !

C'était tout ce que j'avais souhaité ces dernières semaines.

« Merci beaucoup, madame Benjaminson ! » : l'ai-je remerciée.

« Oh, s'il vous plaît, appelez-moi Rayne – Rayne Benjaminson ; et vous êtes les bienvenues ! » « OK, Rayne ! » : Carolyn rit en réponse.

Carolyn et moi avons donné à Rayne Benjaminson un câlin de groupe pour dire merci.

Même si Rayne Weaver – Benjaminson nous avait accordé la permission, il était étrange de l'appeler simplement « Rayne ». Mes parents m'avaient toujours dit qu'appeler les adultes par leurs prénoms était impoli, alors j'ai décidé de m'en tenir à Mme Benjaminson.

Quand Mme Benjaminson est partie pour prendre des collations, j'ai regardé Carolyn et lui ai donné un énorme câlin.

« Pouvez-vous croire ce qui est arrivé ?! » : J'ai ciselé.

« Je sais ! Tout votre travail acharné a payé ! Vous avez travaillé si dur là-dessus ; tu le mérites, Jen ! » Carolyn m'a félicité.

« Oh mon dieu ! Si je peux le faire, je peux voler vers la lune ! »

« Eh bien, la vérité, c'est que vous pouvez faire tout ce sur quoi vous mettez votre cœur, avec acharnement et détermination ».

Même si je n'ai pas eu une entrevue complète avec Rayne Benjaminson, je me suis sentie incomparable parce que je pouvais toujours l'appeler chaque fois que j'avais une question que je voulais poser. Personne ne pouvait plus m'empêcher de le faire ; c'était épique.

Téléphone : 555132 7809

2348 67th Street (Unit 23)

Breaux Bridge, Louisiane, États-Unis d'Amérique

J'ai embrayé le morceau de papier dans mes mains et je me suis promis de ne jamais le perdre. Je l'avais aussi copié dans mon cahier, juste au cas où (aussi parce que l'écriture de Rayne était une sorte de désordre).

MA VIE À MIAMI

J'étais super exaltée d'avoir rencontré Rayne Weaver, mais j'étais une épave nerveuse pour le prix que je devais payer en échange... pique-nique avec Talia. Même s'il y avait tant de peur, il y avait encore du soulagement.

C'était la fin d'une époque. J'espérais.

Dimanche 26 janvier 1992

J'allais me faire prendre. Je le savais ! J'aurais pu me contenter du plan, en disant que j'étais malade ou quelque chose, mais Talia pensait encore comment me forcer à faire quelque chose de pire. C'était stupide, mais ai-je eu un autre choix ? J'avais vu les vraies couleurs de Talia, et elle n'était pas le type de personne avec qui je voulais me brouiller.

Nous allions faire notre pique-nique à la célèbre South Beach ; j'ai apporté quelques collations (des collations de fruits et un paquet de chips), au cas où les filles décidaient qu'elles voulaient être piquantes et ne me laissaient rien avoir. Je n'ai pas fait confiance à personne dans la Clique, surtout pas Talia, je me suis assurée de ne plus jamais traîner avec des gens comme eux.

J'étais tellement nerveuse quand il était enfin temps d'y aller. J'ai dû quitter la maison vers 16 h 45 (pour y arriver vers 17 h 30 ; puisque, selon Talia, le soleil tournerait autour de 5 h 45). Maman et papa étaient absents pour un programme d'église, donc il était facile de quitter la maison. Martin devait me surveiller, mais il était à l'étage dans sa chambre ; donc, il n'aurait probablement pas remarqué que j'étais partie (il ne me remarque jamais de toute façon). Je détestais le fait que je partais, et que personne ne savait où j'allais. Et si je me perdais en prenant le bus ? La plage du Sud était à une longue distance en voiture de ma maison, il faudrait à tout le monde pour me trouver.

J'allais m'assurer que je ne passerais qu'une heure à la plage, parce que s'ils retournent à la maison, qu'ils aient des dispositions pour que je rentre chez moi ou non. Mes parents n'allaient pas être à la maison avant 20 heures ce soir-là et il était crucial pour moi d'être à la maison avant ce moment-là.

Une fois rentrée chez moi, j'ai prévu de soudoyer Martin avec une partie de mon argent d'allocation pour qu'il ne le dise pas. La dernière fois que je l'ai attrapé en rentrant dans la nuit pendant que je recevais de l'eau, j'avais promis de ne pas le dire – et je ne l'ai pas fait ; donc, il me devait un. Simple. Je n'allais pas laisser Talia gâcher pour moi.

J'ai marché jusqu'à la gare routière à quelques pâtés de maisons de ma maison. J'ai vérifié les lignes de bus ; le trajet régulier allait être un voyage de 45 minutes et de 2 bus – je devrais prendre un autre bus à mi-chemin de là ! C'était trop long et risqué. Alors, j'ai cherché un bus express pour South Beach – il y en avait un ! C'était fou de penser que pour y conduire en voiture privée, cela ne prendrait que 20 minutes, mais le bus public a pris tellement de temps (Miami n'avait pas les meilleurs services de transport en commun). Le bus express prenait environ 30 minutes, alors j'ai décidé d'attendre plus longtemps que le bus arrive et de le prendre.

J'avais pris le transport de Miami plusieurs fois auparavant, mais jamais seule. Le chauffeur de bus était assez gentil, pas plus vieux qu'un homme de 40 ans ; il m'a souri et je me suis assise près de lui à l'avant de l'autobus pour me sentir en sécurité.

J'espérais que Talia ne nous ferait pas rester longtemps à la plage. Le coucher de soleil de janvier a commencé vers 17 h 45, donc je voulais sortir de là vers 18 h 30, et si Talia a fait des tentatives pour me faire rester plus tard, j'allais être très vocal avec mes opinions.

Il ne se passait rien de suspect dans l'autobus, et chacun pensait à ses affaires. Voir ? En fait, je n'étais pas si mal, je ne savais pas pourquoi j'avais tellement peur avant.

Je suis finalement arrivée à la plage (un peu tard) juste au moment où le coucher du soleil commençait. Il n'y avait pas beaucoup de monde ce jour-là à South Beach (ce qui était rare) alors quand je suis venue, j'ai immédiatement repéré la clique.

« Wow ! À peu près le temps que vous vous êtes présenté ! »
Talia a ri quand elle m'a vu : « Je pensais que tu pourrais
sortir du poulet ».

J'ai regardé le groupe populaire Meghan (ce qui n'était pas
une surprise parce que Talia m'avait dit qu'elle viendrait),
Emerald et Skye n'étaient pas là.

« Où sont les deux autres ? » : ai-je demandé.

« Meghan a appelé chacun de nous ce matin en nous disant
que nous ne pouvions pas aller et bien sûr Skye a obéi » : a dit
Charlotte en roulant ses yeux au-dessus, « Emerald n'a jamais
prévu de venir du get-go ».

« Et vous avez désobéi ? » : ai-je demandé avec incrédulité.

Wow. Rébellion dans le groupe populaire ? C'était inouï !

« Meghan était si grossière avec nous hier, alors que Talia était
celle qui vous a invité » : a dit Rosalyn en regardant Talia, «
Je ne comprends pas pourquoi elle est folle contre nous
cependant ! C'était la faute de Talia, pas la nôtre ! »

« Meghan a temporairement chassé Emerald du groupe
populaire une semaine » : a déclaré Talia, ignorant le
commentaire de Rosalyn. « Elle et Meghan se sont vantées de
quitter la fête tôt à cause de votre combat stupide : gémit
Charlotte, je parie qu'Emerald ne l'aime même pas. Meghan
m'a dit au téléphone qu'elle voulait dire à son père de dire au
père de Talia qu'elle dirigeait une fête chez eux sans
surveillance parentale ».

Je ne pouvais pas croire que les filles me disaient tout ce qui se
passait dans la Clique. Meghan et Skye me détestaient
certainement, mais Rosalyn et Charlotte – ou même Emerald
? Pourquoi se sont-elles soudainement ouvertes à moi ?

« Vous ne pouvez pas dire à Meghan que nous le disons
d'ailleurs ; elle nous embrasserait ! » : m'a dit Rosalyn « Où
que nous sommes même venues ici ».

« Oui ! Skye nous a prévenues – honnêtement Jennifer, depuis que vous êtes partie, Meghan est devenue folle, avec de nouvelles règles, et des trucs. Elle a tellement essayé de te remplacer », m'a dit Charlotte (Charlotte était un énorme bavardage).

Je ne pouvais pas croire que Rosalyn et Charlotte parlaient mal de Meghan, je me demandais ce que Skye aurait dit de Meghan si elle était ici. Je doutais qu'elle n'eût rien dit, Skye était très fidèle à Meghan comme je l'étais dans la Clique, elle ne l'aurait jamais trahie – ou du moins pas encore.

J'ai regardé Talia, et comme d'habitude elle est restée tranquille. Talia était intelligente, mais d'une manière malicieuse et étrange. Elle resterait silencieuse quand les choses allaient dans son sens, ou quand elle était à la hauteur.

De quelque chose de mauvais ; mais quand il était temps de jeter quelqu'un d'autre sous le bus, on entendait tous les mots sortir de sa bouche.

« Pour être honnête » : a parlé Talia (de nulle part). « Je pense qu'avec Emerald temporairement chassée, Meghan pense probablement la remplacer par Kristy. Meghan et moi avons parlé au téléphone hier soir de tout et elle pense que Kristy est super ennuyeuse, mais un bon ajout à la It Clique parce qu'elle est Présidente ».

Puis Talia s'est écartée et a marché vers les toilettes (toilettes portatives dégoutantes). C'était ça ; c'était tout ce qu'elle allait dire. Elle n'avait pas dit une mauvaise chose directement au sujet de Meghan comme Charlotte et Rosalyn avaient fait ; je devais l'avouer, elle était intelligente. Alors ils ne pouvaient pas la rater. Je parie qu'elle n'allait pas vraiment utiliser la salle de bain ; elle est très probablement partie pour éviter de rester dans la conversation.

« Ugh, je la déteste ! » : murmure Charlotte « Mais Meghan l'aime, alors je dois me taire ».

« Je ne pense vraiment pas qu'elle soit si mauvaise, elle est simplement mystérieuse » : a dit Rosalyn à Charlotte.

« Qui ? » ai-je demandé, confuse. Il m'a alors frappé qu'elles parlassent de Talia. Gosh. Rosalyn et Charlotte étaient terribles, elles parlaient de tout le monde !

« Elle est tellement – bizarre ! Tu ne peux pas comprendre qui est de son côté ! » : m'a dit Charlotte. « Personne ne sait rien d'elle, même pas Rosalyn, et elle sait tout sur tout le monde ».

Puis Charlotte a murmuré quelque chose à Rosalyn.

« Nous devrions probablement cesser de parler de cela, nous avions juste besoin de quelqu'un pour ramer. On a essayé Skye, mais tout ce qu'elle fait, c'est juste défendre Meghan et Emerald ne se soucie plus » : m'a dit Charlotte.

J'ai cogné la tête quand le gingembre de Charlotte a basculé de Rosalyn à moi à nouveau. Elle me plaça les yeux sombres.

« Jennifer, dis à quiconque ce que je viens de dire, je te promets que je te le ferai regretter. OK ? »

J'ai hurlé, ça n'avait même pas de sens pourquoi ils m'avaient dit de toute façon – je ne leur ai même pas demandé. Je ne me plains pas. Pour une raison ou une autre, c'était le rêve de la plupart des gens de faire partie de la It Clique à l'école, mais à l'intérieur, ce n'était pas si grand. La Clique avait tellement de drame qu'elle aurait dû commencer une émission de télé-réalité ! Je le regardais !

Quand Talia est revenue, nous avons regardé le coucher du soleil tranquillement. Ce n'était pas aussi amusant qu'avec Carolyn, Lyla et Florence, mais c'était amusant de regarder la nature tranquillement au travail. Une petite partie de moi a manqué de sortir avec Charlotte, Rosalyn, et même Emerald, mais je savais que nous ne pourrions plus jamais être amis ; les choses étaient trop différentes.

Je n'ai jamais vraiment eu de relation avec les trois filles. Emerald était gentille pour moi la plupart des temps.

et Charlotte me disait toujours tout le drame (comme elle le faisait à ce moment-là). Bien que ce fût un peu bizarre, l'une des sœurs aînées de Rosalyn (Eva) et mon frère Martin avaient une « chose » (si vous savez ce que je veux dire) l'année dernière quand ils étaient sophomores (mon frère est maintenant un Junior). Cela n'a jamais rapproché Rosalyn et moi en tant qu'amies, mais nous avons pu nous voir plus souvent. J'étais en sixième année à l'époque, malheureusement encore une partie du groupe populaire

« Wow, alors tu ne traînes plus avec nous, hein ? » : dit Charlotte, en Brisant le silence et en regardant tranquillement le coucher du soleil.

« Oui, eh bien Meghan m'a donné un coup de pied, alors je le suppose » : ai-je répondu, regardant toujours le coucher du soleil.

« Alors, tu ne reviens jamais ? » Rosalyn demanda curieusement.

« Non… Non, très certainement pas. J'ai de meilleures amies maintenant. J'étais un gâchis quand je traînais avec vous. Maintenant, je me sens beaucoup plus appréciée, et comme une meilleure personne : J'ai tremblé.

Personne n'a répondu à mon appel à mes nouvelles amies « mieux ».

Peu importe si Rosalyn et Charlotte m'ont manqué ; je n'allais jamais y retourner. Ils n'auraient qu'à s'en occuper. Mon association avec Meghan, Talia, Skye, Emerald, Charlotte et Rosalyn allait prendre fin juste après le pique-nique.

« Talia ? Que pensez-vous, « J'ai demandé Talia (Talia n'a pas beaucoup dit pendant que les filles étaient en train de parler donc je voulais entendre son opinion).

À propos de toute cette situation ? »

Talia me regarda et sourit : « Tout est juste dans l'amour et la guerre, Jennifer ».

Qu'est-ce qu'a même voulu dire cette fille ?

« Qu'est-ce que cela a à voir avec n'importe quoi ! Vous avez été silencieuse tout le temps, personne ne peut obtenir une lecture sur vous, Talia ! Alors, vous n'avez rien à dire ? »

« Tu verras, tu verras » : se moqua Talia alors qu'elle prenait une des canettes de soda de Rosalyn qu'elle nous avait apportées.

J'ai alors remarqué quelque chose... Talia n'a même rien apporté au pique-nique ! Elle était occupée à se farcir avec notre nourriture, alors qu'elle avait un réfrigérateur complet à sa maison (j'avais vu à quel point c'était plein à sa fête). Elle avait presque tout mangé ! Aucun d'entre nous n'avait même remarqué !

« Talia ! Vous avez mangé toute la nourriture ! » : dit Rosalyn presque en lisant dans mon esprit.

« Oui, je l'ai fait » : a dit Talia, claquant ses mains ensemble, « la nourriture était pour tout le monde ? Vous avez mangé toute la nourriture à ma fête, et vous ne m'avez pas vu me plaindre ».

Je ne pouvais pas croire ce petit manque ici !

« Tu étais celle qui... » Charlotte s'apprêtait à dire quelque chose quand une voix sévère l'interrompit.

« Excusez-moi mesdames ? Que faites-vous ici seules ? Où sont vos parents ? Oh non ! C'était un policier. Nous étions ébranlés !

« Ils sont dans le stationnement » : a menti Talia.

« OK, emmenez-moi vers eux » : dit-il. « Vous ne devriez pas être ici seules. Quel âge avez-vous ? » Euh oh ! Des ennuis profonds !

« J'ai 12 ans » : lui ai-je dit rapidement.

« J'ai moi aussi 12 ans » : a dit Rosalyn. Elle a ensuite fait remarquer à Charlotte, « Elle a 13 ans ».

« J'ai 16 ans » : a encore menti Talia.

« Elle a en fait 13 ans » : ai-je dit en regardant Talia comme si elle était folle. Pourquoi dans le monde volait-elle mentir à un policier ?!

Nous étions déjà assez gênées en nous faisant attraper à l'extérieur par un policier, à la plage, non accompagné d'un adulte. Je n'allais pas m'enfoncer en mentant à la police. Talia avait franchi la ligne.

« Nous sommes sorties » : ai-je dit au policier sans hésitation.

« Je ne l'ai pas fait » : dis Rosalyn, me regardant avec confusion. « Ma mère m'a déposé, et une de mes grandes sœurs, Sophie, va nous prendre ».

« Moi aussi » : dis Charlotte. « Vous pouvez appeler nos parents pour confirmer si vous le souhaitez ».

Quoi ? Je pensais que nous étions tous sortis ensemble ! Talia m'a menti ! Comment pourrait-elle ? Pourquoi m'a-t-elle seulement forcé à sortir, mais personne d'autre ? Ce n'était pas juste ! J'étais furieuse avec Talia. Non ! Si le policier appelait nos parents, je serais ébranlée.

« Talia, tu t'en fous ? » : lui demanda Charlotte.

« Oui » : a admis Talia.

Le policier a pris nos noms et quand il a entendu les miens, il s'est arrêté.

« Jennifer ? Comme dans Jennifer Alexis Chevrolet ? » : Il m'a demandé en urgence.

J'ai regardé les filles, et elles ont toutes tremblé, « Um… Oui ? »

Que se passait-il ? Comment l'officier connaissait-il déjà mon nom ?

Oh, ma bonté ! La police a cherché partout en ville pour vous ! Qui aurait su que vous étiez à South Beach ?

Il a téléphoné à son conférencier pour faire savoir à un autre officier que j'étais en sécurité et à South Beach. Il a ensuite dit qu'il expliquerait tout une fois qu'il nous aura tous déposés dans nos maisons.

Je ne pouvais pas y croire ! Martin avait appelé la police quand il a découvert que je n'étais pas à la maison !

Pourquoi ne lui ai-je simplement pas dit que je sortais ?! Ugh ! J'étais complètement ébranlée.

*****

Après le trajet en voiture le plus effrayant de ma vie dans un flic-car, j'ai donné à Talia le plus grand éclat possible, et sauté hors de la voiture. Talia et moi allions avoir une énorme conversation quand nous nous reverrons.

Le flic est sorti, m'a promené à la porte de ma maison, et a pressé la porte. Je peignais presque mon pantalon dans la terreur.

« Où étiez-vous ? » La voix de mon père a explosé quand il a ouvert la porte.

Puis le regard sur son visage s'est transformé en horreur quand il a vu le flic. Puis ma mère est venue et elle était terrifiée ! J'ai regardé leurs visages et j'ai eu tellement honte de moi-même d'avoir fait traverser à mes parents ce que je croyais être une scène que je n'oublierais jamais tant que je vivrais.

« Officier ? » demanda mon père.

- Regarde qui j'ai trouvé ! répondit l'officier. Il a dit que c'était presque comme si c'était drôle que je fusse sortie.

Puis il a expliqué la situation.

« Apparemment, dit-il, il n'y avait aucun danger. Elle s'était glissée dehors pour pendre avec trois autres filles. Je les abandonne tous à leurs adresses. Tout le monde sera en sécurité à la maison ».

« Oh mon Dieu ! Merci, Monsieur l'Officier ! Merci ! » s'est fait l'écho de mes parents.

« Très bien. Maintenant, Jennifer, soyez une bonne fille, et plus rien ne sort et n'effraie pas tout le monde, kay ? C'est un monde sombre là-bas, alors soyez très prudent, hmm ? » Me dit l'officier.

J'étais attachée à la langue, mais j'ai cogné en arrière.

Puis l'officier a fait ses dernières notes dans son cahier, a discuté un peu plus avec nous, puis m'a laissée seule avec mes parents pour affronter les conséquences désastreuses.

J'ai regardé le policier sortir par la porte, je voulais le rejoindre où qu'il aille. La dernière chose que je voulais à ce moment précis était d'être laissée seule pour affronter mes parents. J'ai souhaité disparaître.

Mon père était plus furieux que je ne l'eusse jamais vu dans toute ma vie !

Savez-vous ce que vous venez de nous faire ? Snuck out ? Dans l'obscurité ? Jennifer, qu'est-ce qui s'est passé en vous ?

« Je suis désolé », commença-t-il, en fermant la porte derrière moi.

« Gardez le silence, jeune femme ! » écorcha mon père.

« Allez-vous asseoir dans le coin et face au mur ! »

« Quoi ? »

« J'ai dit, dans le coin ! »

« Mais papa, I- »

« J'ai dit de se taire ! Parce que vous ne savez pas ce que je veux faire avec vous en ce moment ! « a-t-il crié. « Savez-vous que votre mère a appelé la police, parce que sa fille unique est sortie ?! Vous nous avez fait passer pour des stupides là-bas quand ils nous ont dit qu'ils vous ont trouvée ».

La façon dont mon père a crié à moi cette nuit-là – je craignais qu'un de mes voisins allât appeler la police, sur un père devenu fou !

Pendant vingt minutes, j'ai été dans le coin du salon, avec mon père qui était en train de me crier dessus.

Quand mon père s'est calmé un peu, ma mère m'a assis et m'a demandé exactement où j'étais, avec qui j'étais, et pour être sure, je suis même sortie. J'ai rappelé à ma mère comment je lui ai demandé si je pouvais sortir à la plage pour regarder le coucher de soleil dont j'avais parlé. Elle s'est rappelé la conversation, mais n'a pas pu croire que je l'ai fait après notre discussion. Ma mère m'a dit que la prochaine fois que je voudrai aller n'importe où, mes parents devaient toujours savoir où j'étais.

Après en avoir discuté davantage sur le sujet, mon père m'a envoyé au lit. Il allait discuter de ma punition avec ma mère, et ils m'ont fait part de leur décision le matin.

MA VIE À MIAMI

J'étais tellement fou de tout le monde. J'ai saisi mon cahier et j'ai commencé à écrire sur tout le monde que j'étais en colère contre eux. Talia, Meghan et Skye. Talia m'a fait sortir sans aucun but, juste pour me mettre en difficulté. Je ne sais pas pourquoi elle voudrait me mettre en difficulté, mais elle l'a fait, et j'ai déclaré qu'elle était une personne horrible pour cela.

I'M MAD !

1.   Talia. C'est sa faute si je suis entré dans ce gâchis en premier lieu. Elle me LIED aussi, et m'a dit que tout le monde allait sortir, mais j'ai dû découvrir à la dernière minute que j'étais la seule personne qui s'est échappée. Je m'étais énervé pour rien ! C'EST TOUTE SA FAUTE.

2.   Meghan. C'est de sa faute que je suis dans ce gâchis en premier lieu. Si elle venait d'être une bonne amie pour moi et m'a aidé à en savoir plus sur Rayne Weaver, alors qu'elle avait ÉVIDEMMENT des liens définitifs avec elle, je ne serais pas dans ce gâchis. SA FAUTE.

3.   Ma mère. Si elle venait de dire OUI que je pouvais aller à la plage, au lieu de non, j'aurais pu faire semblant comme si je me glissais vers Talia. SA FAUTE.

4.   Skye. ELLE EST JUSTE UNE GRANDE MENTEUSE ET MANIPULATRICE. SA FAUTE !

J'ai pris une profonde respiration et regardé ce que j'écrivais. Puis j'ai ri si fort. J'étais là, blâmant tout le monde pour ce qui s'est passé au lieu de moi-même. Je veux dire, j'étais la victime, non ? Pourquoi ai-je eu tort de blâmer tout le monde pour une décision que j'ai prise ?

Je voulais blâmer quelqu'un pour le gâchis dans lequel je me trouvais. Je voulais blâmer Talia, Meghan, ou même Skye, mais je savais que je ne le pouvais pas. Bien que Talia ait eu un rôle dans cela, elle n'a vraiment.

Rien ne fait qui est hors de l'ordinaire. Pour tout ce que je savais, elle n'avait vraiment pas l'intention de me blesser. Oui, elle m'a menti, et m'a forcé – mais c'est moi qui ai pris la décision de me faufiler. C'était MA faute. Je méritais quelque peine que ce soit. Je n'aurais jamais dû sortir en premier lieu. Il y avait probablement des façons plus faciles de se connecter à Rayne Weaver (ou même de chercher un autre auteur), pourtant j'étais impatiente et désespérée, et bien sûr, mon désespoir a conduit à la folie.

J'avais permis à d'autres personnes de marcher partout sur moi et de me manipuler parce que je voulais les satisfaire ou ne pas blesser leurs sentiments. J'avais fait tellement d'efforts pour rencontrer Rayne Weaver, que j'ai mis ma propre sécurité et ma famille en danger. Qui savait ce qui aurait pu se passer à la plage !

Pas étonnant que mes parents aient été bouleversés devant cette situation. J'avais perdu leur confiance à cause de ma sottise, et pour être honnête, je le méritais. J'avais décidé de participer au concours du projet de l'auteur parce que je voulais impressionner mes parents. J'avais voulu les rendre heureux et fiers de moi, en les aidant à acheter une nouvelle maison. C'était une idée incroyable, mais il semblait que sa façon d'agir, c'était d'une manière qui faisait mal à mes relations familiales.

Je me suis endormie dans mes musculations, c'était un sommeil le plus mal aisé et le plus cauchemardesque que j'avais jamais connu.

Lundi 27 janvier 1992

Je me suis réveillée ce matin-là avec des yeux rouges (de pleurer à dormir), un terrible mal de tête, et mes oreilles sonnaient encore pour donner suite aux hurlements mon papa la nuit précédente. Je me sentais terrible, mais ma mère m'obligeait encore à aller à l'école.

Grand.

J'ai été punie « pour la vie » (ce qui a probablement été pendant un mois) – pas d'électronique, pas de télévision, et pas de sortie avec des amis. Fantastique !

Carolyn, Lyla et Florence – l'escouade des volontaires – ont couru vers moi d'urgence la minute où j'ai sauté de la voiture de mon père dans le stationnement.

« Oh mon dieu ! Jennifer, es-tu d'accord ? » Carolyn s'est exclamée : « J'ai entendu ce qui s'est passé hier ! Je vous ai appelé un million de fois, vos parents ont continué à dire que vous étiez indisponible. Que s'est-il passé ! Tout le monde à l'école en parle ! »

« Les filles ! Nous allons avoir des ennuis si nous parlons dans le stationnement ! » : me suis-je exclamée.

Nous avons marché ensemble dans la cour de l'école tranquillement. Je ne comprenais pas pourquoi tout le monde à l'école faisait un peu de tout. Nous avons simplement fait un tour dans une voiture de police, et nous avons été escortés à la maison. Simple.

Carolyn continuait à me supplier de lui dire ce qui s'était passé, mais je continuais à changer de sujet. Je ne voulais pas parler ni même penser à ce qui s'était passé dimanche. Toute

Soucieuse de voir Talia afin que je puisse crier dans son visage sur ce qui s'était passé.

****

Ce jour-là, je n'ai pas vu Talia du tout. Elle a dû sauter l'école parce qu'elle était terrifiée de ce que j'allais lui dire. Elle avait raison d'avoir peur ; j'allais crier dans son visage la prochaine fois que je la verrais.

« Oh mon Dieu ! As-tu entendu ? » Lyla s'est exclamée quand je suis arrivée à la table de l'équipe de volontaires : « Tout à l'heure pendant que nous parlons ! Meghan venait d'annoncer qu'elle congédiait Rosalyn du groupe ».

« Quoi ! Pourquoi ?! » ai-je répondu sous le choc.

« Bien apparemment, Talia a dit à Meghan que Rosalyn a forcé Talia et Charlotte à aller à South Beach, et que si elles ne le faisaient pas, elle dirait à Meghan de mauvaises choses à leur sujet ».

« Quoi ? Ce n'est donc pas vrai ! Ils ne sont même pas sortis ! Ce n'était même pas l'idée de Rosalyn ! » me suis-je exclamé.

Ce n'était pas juste pour Rosalyn. Je voulais résister à l'injustice de Meghan, et exposer Talia pour ce qu'elle faisait, mais je n'avais pas l'énergie.

Talia avait un plan. Je ne savais pas ce que c'était à ce moment-là, mais elle avait une mission, et elle l'exécutait stratégiquement. Ce qui arrivait à Rosalyn était injuste et je voulais l'aider, mais je ne voulais entrer dans aucun drame. D'ailleurs, Rosalyn n'avait nécessairement rien fait pour mériter mon aide.

C'était comme un jeu d'échecs. L'école était le conseil d'échecs de Talia, et la It Clique était comme ses pions. J'ai alors commencé à me demander ce que j'étais.

« Alors, Jen, que s'est-il vraiment passé là ? Pourquoi ne m'en as-tu pas parlé ? » m'a demandé Carolyn. « Il y a tellement de rumeurs qui circulent. Allez, déversez le thé ! »

Je n'avais pas envie de parler de tout ce qui avait à voir avec le sneak out. J'étais trop émotive à ce sujet, et je ne voulais pas commencer à pleurer à l'école. Quoi qu'il en soit, c'était ma décision ; je n'étais pas obligé de dire quoi que ce soit à Carolyn.

« Je vais vous en parler une autre fois », lui ai-je promis. « Alors, que se passe-t-il avec l'Escadron des volontaires ? »

« Eh bien, nous n'avons pas de date exacte pour la tenue des auditions d'un nouveau membre exécutif, mais nous savons que ce sera le mois prochain », a déclaré Florence. « Les dirigeants pionniers seront vous, Carolyn, Lyla et moi ; mais nous avons besoin d'un autre membre ».

« Oh oui ! Lyla a eu cette idée d'un nettoyage de plage ! » Carolyn a cheminé. « Un événement où nous rassemblons un tas d'étudiants qui se portent volontaires pour aider à nettoyer la plage du Sud ! Je suis sûr que nous trouverons beaucoup de bouteilles afin que nous puissions les vendre au dépôt de bouteilles après et utiliser les fonds pour la charité ou quelque chose » Ugh. Je ne voulais pas aller à South Beach après ce qui s'était passé dimanche. En fait, je n'ai plus jamais voulu aller sur cette plage.

« Aussi, Jen, comment le plan de fête d'anniversaire est-il à venir ? » Carolyn demanda curieusement.

Je ne voulais même pas penser à ma fête d'anniversaire. Après tout ce qui s'était passé, je ne serais pas surpris si la fête était annulée – pas que j'avais l'argent pour elle de toute façon. Mes parents étaient bien trop bouleversés avec moi pour me laisser avoir ou même aller à une fête de toute sorte.

« Assez bien », ai-je menti.

Tout le monde m'avait dit non à la fête ; et bien au moins la partie payante. Ce n'était pas comme si je pouvais magiquement obtenir un emploi et faire 500 dollars en un mois… Ou peut-être que je pourrais ?!

****

Quand je suis rentrée chez moi, ma mère m'a demandé comment était ma journée (ce qui était une vraie surprise pour moi puisqu'elle était vraiment bouleversée avec moi la veille), alors j'ai laissé de côté toutes les rumeurs à l'école et lui ai parlé de l'escouade des volontaires.

Mes parents ne connaissaient pas la raison exacte pour laquelle je me suis glissé, et j'ai prévu de le garder de cette façon. Je voulais que le Project Authors Challenge soit une surprise. Je devais soumettre mon essai biographique avant le vendredi 28 février 1992 (deux jours après mon anniversaire !). Ils n'ont peut-être pas compris alors, mais ils le feraient bientôt.

« Vous savez quoi ? » dit ma mère, interrompant ma narration du jour.

« Quoi ? »

« J'ajoute plus à votre punition pour avoir grignoté hier soir », dit-elle, « Je suis très déçue de vous. Vous ne pouvez même pas vous expliquer pourquoi vous êtes sortie. Je vous ai dit non, et vous m'avez désobéi ».

« Je suis désolée maman. »

« Pourquoi es-tu sortie, Jennifer ! Pourquoi ? » demanda-t-elle soudainement.

« Ce n'est rien », disais-je nerveusement.

Ma mère était toujours restée dans le passé au haut niveau des choses ; elle a rarement creusé profondément dans mes affaires, mais il semblerait que j'aie pu déclencher quelque chose en elle qui lui faisait poser plus de questions. Ma mère me faisait trop confiance et me donnait trop de liberté, mais il semblait que la fête était terminée.

La dernière chose dont j'avais besoin ou que je voulais, c'était l'attention des parents. J'étais presque adolescente, et j'avais vraiment besoin d'espace de la part de mes parents ! Pourquoi ne pouvaient-ils pas me laisser seul ?!

Ma mère a pris une profonde respiration, « Je ne veux pas annuler votre fête d'anniversaire, mais si nous ne nous asseyons pas et vraiment avoir une bonne conversation, la fête sera annulée ».

La vérité était que je ne voulais pas parler avec ma mère, mais en même temps

Le temps que je voulais avoir une fête d'anniversaire – même si je n'avais pas d'argent pour cela. Donc, je n'avais pas d'autre choix que de commencer à parler.

« D'accord », je grondais alors que je m'asseyais à la table de la cuisine. « Talia a dit que je ne pouvais pas aller à sa fête si je ne me faufilais pas. Je voulais remplir ma promesse. Je sais que nous avons déjà parlé de la Clique, et je promets que c'était la dernière fois que j'interagirais avec eux ».

« Jennifer, je ne veux jamais rien entendre de vous et de la It Clique », dit ma mère, « Je sais que je vous ai toujours encouragé et encouragé l'amitié de Meghan, en raison de ma bonne relation avec la famille Benjaminson ; mais juste parce que les amis adultes ne veulent pas dire que les enfants doivent être ».

« OK », dis-je lentement.

J'ai l'impression d'avoir échoué en tant que parent.

Je vous ai donné trop de liberté, et maintenant que vous êtes presque une adolescente, je ne peux même plus vous reconnaître. Regardez cela, vous n'avez que douze ans, et vous allez déjà à des endroits à mon insu. Que ferez-vous quand vous aurez seize ans ? La pensée de cela me terrifie ».

« Je promets, maman, c'est la dernière fois que je ferai quelque chose de stupide comme ça », ai-je dit.

« Ce sera, et je m'en assure ».

« Faites-moi confiance. No more It Clique, et c'est une promesse. J'ai ces nouveaux amis, le Volunteer Squad, ils sont super cool ».

« L'escouade des volontaires ? »

J'ai ensuite parlé à ma mère de Carolyn, Florence et Lyla (même si ma mère connaissait déjà Carolyn).

Ma mère sourit : « Je suis contente que vous et Carolyn soyez de nouvelles amies. J'aimerais aussi rencontrer vos autres amis, Florence et Lyla ».

« D'accord, bien sûr ! Je les appellerai et je l'inviterai un jour ! »

« Oui, mais souvenez-vous que j'enlève votre téléphone de votre chambre ».

Ma mère a ensuite parlé de l'annulation de la fête d'anniversaire. J'ai pratiquement pleuré pour qu'elle ne le fasse pas. Je voulais vraiment avoir ce parti. J'ai créé une excuse (ce n'était pas vrai) que l'escouade des bénévoles allait l'utiliser comme un événement pour la charité, et pas seulement pour me célébrer. J'allais certainement les convaincre de le faire, au lieu du nettoyage de la plage. J'essayais obstinément de manipuler ma mère pour obtenir la fête que je voulais, même si je me sentais mal, je devais avoir une fête de 13 ans.

« Ugh fine. Je ne comprends pas pourquoi vous ne pouvez pas juste avoir une petite fête à la maison », ma mère s'est plainte, c'est littéralement juste un rassemblement d'amis, et vous pouvez en avoir une à tout moment ».

« Je sais, mais c'est mon 13e anniversaire, et c'est toujours la fête d'anniversaire la plus importante, maman ! Vous êtes censé toujours en avoir un énorme, c'est important pour moi ».

« Toujours ? Censé ? D'où vient tout cela ? » demanda ma mère. « Il est important de ne pas se comparer aux autres. Juste parce que votre ami Talia a eu une grande fête ne signifie pas que vous devez. Certains parents ont l'argent ; certains ne le font pas. Vous devez apprendre à vivre selon votre revenu familial ».

« S'il vous plaît maman ! Je vais même faire l'argent tout seul ! Je te supplie ! »

« Regardez, il est important pour moi que vous appreniez une leçon importante de tout cela ». Maman s'est arrêtée quelques instants, pensant. Puis elle a dit : « Je vais vous dire quoi – je me sentirai juste mal si j'ai tout de suite annulé votre fête, puisque je suis toujours content que rien ne vous soit arrivé hier soir. Voici ce que je ferai. Si vous voulez vraiment cette partie de la vôtre, votre père et moi ne paierons rien, et si vous n'obtenez pas un A sur votre prochain examen de mathématiques – oubliez-le ».

« OK, c'est bien », ai-je dit en prétendant être confiant.

« C'est mille dollars, Jennifer. Comment, dans le monde, un enfant de douze ans va-t-il amasser mille dollars en quatre semaines ? »

« Je ne sais pas, mais je vais essayer », ai-je dit obstinément.

Ma mère m'a congédié et m'a laissé aller dans ma chambre. J'ai eu besoin du soutien de quelqu'un, alors je suis allée dans la chambre de Martin et je l'ai forcé à me laisser utiliser son téléphone (puisque ma mère m'a enlevé le mien) pour appeler Carolyn.

« Au lieu de nettoyer la plage, lui ai-je dit, après que je lui ai parlé de la discussion avec ma mère, nous pouvons faire une collecte de fonds, à ma fête d'anniversaire, nous ferons des tonnes d'argent ».

« Pas moyen », Carolyn a dit, m'arrachant à nouveau de mes fantasmes, « Nous devons nous concentrer sur le conseil des étudiants en ce moment. Le parrainage est la chose la plus importante, et avec Kristy suspendue avec la clique il va être plus difficile ».

Chaque fois que j'essayais de faire ma fête de rêve, c'était comme si Dieu me disait non. J'étais frustrée.

Mardi 28 janvier 1992

Tout le monde parlait encore de ce qui s'est passé dimanche à l'école ce mardi. Je voulais que ma tête explose. Les gens créaient de fausses rumeurs à ce sujet, Carolyn n'arrêterait pas de me questionner, et même mon professeur d'anglais l'a mentionné (je ne pouvais pas croire que le It Clique a fait parler les enseignants aussi) !

Au déjeuner, Lyla était en retard, et elle est venue s'installer à la table de l'escadron de volontaires.

« Les gars ! Deviner quoi ? » a dit Lyla quand elle s'est assise à côté de moi en face de Florence et Carolyn.

Les choses étaient tendues entre Carolyn et moi puisque je ne lui avais pas dit ce qui s'était passé dimanche et pourquoi je suis même allée en premier lieu. Carolyn pensait que je n'étais pas dédiée à l'équipe de bénévoles, mais avec la clique, Il était dans mon dos, j'allais mettre beaucoup plus d'accent et d'efforts dans notre club.

« Quoi ? » ai-je demandé.

« Vous savez que je vous ai dit comment ma mère travaille comme secrétaire au Coconut Grove country Club. » a dit Lyla

Oui, continue-t-elle, les yeux de Carolyn tremblaient d'excitation.

« Récemment, il y a eu une certaine pénurie de personnel, parce qu'un tas de personnel a quitté à la dernière minute », Lyla a dit.

« Pourquoi ? »

« Je ne sais pas exactement. Quelque chose à voir avec le vice-président du club qui volait un tas d'argent, mais de toute façon – mon point est, je lui ai parlé de l'escouade des bénévoles, et elle en a parlé au président, et il a dit que nous pouvons faire du bénévolat pour enseigner certaines des classes des enfants ! « dit-elle.

« Oh mon gosse, cool ! » Florence s'est exclamée : « Combien de temps auront-ils besoin de nous pour faire du bénévolat ? »

« Elle dit jusqu'à la fin de février ou Mars pour leur donner le temps de trouver du nouveau personnel pour l'embauche », Lyla dit, prenant un papier plié de sa poche. « Les choses ont été un peu folles après qu'un groupe d'employés se soit mis en grève pendant toute une semaine ! Alors, arrêtez ! »

« Voici la feuille d'inscription », a-t-elle ajouté, « Je l'ai enlevé du mur au club, afin que vous puissiez vous inscrire, quelques personnes se sont déjà inscrites et il n'y a que trois places de plus pour que ce soit parfait ! »

Caleb Miller

Lyla Williams

Je ne pensais pas que c'était une bonne idée, toutes les occasions de bénévolat semblaient longues. Je voulais le rejeter calmement, mais je savais que Carolyn serait bouleversée. Moi pour elle. Avec son dévouement à l'Escadron des bénévoles, elle m'a probablement lancée.

« C'est parfait, alors que nous attendons que le Conseil des étudiants nous parraine, nous pouvons toujours aider la communauté en faisant du bénévolat », a déclaré Carolyn en claquant la main. « Nous pouvons même faire le nettoyage de la plage et économiser l'argent dans notre trésorier ou quelque chose ».

J'ai gobé. Je ne pensais pas avoir eu le temps pour tout cela – pas seulement à cause de ma fête d'anniversaire, mais aussi pour le Author Project Challenge !

« D'accord, que voulez-vous faire ? » Lyla a dit en regardant sa liste.

« Je vais faire le cours de cuisine », a dit Carolyn. « Je cuisine tout le temps et je suis le cours de cuisine comme un de mes cours d'option ».

« Je vais faire du soccer, mon petit frère s'y entraîne, donc ce sera génial de passer plus de temps avec lui », a dit Florence. « Je fais aussi partie de l'équipe de soccer des filles à l'école, donc j'ai beaucoup d'expérience ».

« Eh bien, je suppose que cela me laisse avec la classe du Mouvement créatif », je shrugged.

Je n'étais pas excité. J'ai dû enseigner une classe de danse aux petits enfants ! ? Ugh ! Pourquoi cela a-t-il toujours dû m'arriver !

« Adrienne Miller, la superviseure bénévole, va nous superviser tout le temps, donc nous devons être sur notre jeu A », nous a prévenus Lyla.

« Aussi, chaque fois que vous le pouvez, restez loin de M. & Mme Miller. »

« Pourquoi ? » J'ai demandé curieusement.

« Disons qu'ils sont comme la Clique du club de country. M. Miller est vice-président du Club et Mme Miller est présidente du Comité social. Ils ne sont pas vraiment gentils ; le personnel se plaint beaucoup d'eux bossant tout le monde autour » a expliqué Lyla. « Adrienne est plutôt cool ; elle a dix-sept ans, le même âge que votre frère Jen ; mais ne vous engagez pas trop parce qu'elle est imprévisible. Les Millers ont aussi un fils, son nom est »…

Les filles ont continué à parler du club de campagne et des Miller, mais j'ai brouillé toute leur conversation. Quand la cloche a finalement sonné, j'ai sauté de mon siège, dis adieu aux filles, et je me suis dirigée vers ma classe de mathématiques.

Grand. Une autre chose que je devais souligner. Dernièrement, je n'avais pas très bien travaillé en math lors de mon dernier examen, j'avais obtenu un B-, et j'avais peur que B- ne se transforme bientôt en C +, ce que je ne voulais certainement pas. Avec le sérieux de l'équipe de bénévoles, et mon anxiété à l'idée de récolter 500 dollars pour mon parti, je ne savais pas si je pouvais gérer la pression d'obtenir un A sur mon examen de mathématiques.

J'avais besoin d'obtenir au moins un A- sur mon examen de mathématiques ce vendredi, si je voulais que ma mère envisage même de me laisser faire une fête d'anniversaire. Si elle voyait une mauvaise note, elle se sentirait heureuse de l'annuler, avec l'excuse que je n'étais pas.

J'aimerais être en mesure de me concentrer sur mon travail scolaire (ce qui était en quelque sorte vrai parce que je n'étais pas honnête).

J'avais besoin de me concentrer davantage sur mon travail scolaire. J'avais été tellement concentré sur trouver Rayne Benjaminson, j'avais manqué sur mon travail, et ça paraissait dans mes notes. J'avais besoin de retrouver la tête dans le jeu.

Mercredi 29 janvier 1992

Je me suis réveillée plus tôt ce matin-là pour terminer mes devoirs scientifiques. J'étais tellement occupée à étudier pour mon examen de mathématiques le vendredi soir précédent. Lyla m'avait aussi appelé parce que le Country Club avait besoin de plus de bénévoles. Plus de personnel avait arrêté à cause des mauvais comportements des Millers, donc elle m'a demandé d'aider à faire trois affiches et de les accrocher autour de l'école ce matin-là.

Quand je suis arrivée à l'école, j'étais déjà épuisée. J'ai accroché les affiches, et pendant que je mettais la cassette sur ma deuxième, Talia est montée derrière moi. Enfin, elle est là !

« Country Club, heh ? Sonne assez riche-enfant comme à moi », Talia a ri.

« Regardez qui parle », lui ai-je dit. Une partie de moi voulait lui demander si elle serait intéressée à aider, mais je savais mieux.

J'avais déjà décidé que je n'allais plus parler à Talia, après tous les ennuis qu'elle m'avait causés le dimanche ; mais j'avais besoin de la confronter pour me mentir.

« Regardez, ce qui s'est passé dimanche n'était pas censé arriver à Jennifer », a dit Talia (elle a littéralement lu mon esprit).

« Écoutez Talia, vous êtes exactement comme eux, que vous vouliez l'admettre ou non. Je ne sais pas ce que vous essayez de faire avec la It Clique ou quoi que ce soit, mais gardez-moi hors de lui, d'accord ? » Je lui ai serré dessus.

Je n'allais même pas la remercier de me mettre en relation avec sa mère. J'ai eu mes connexions, et j'ai scellé l'affaire en me faufilant, c'était fini. Je n'avais plus rien à voir avec Talia Weaver.

« Tu sais, Chevrolet, je t'aide en fait beaucoup plus que tu ne crois », m'a dit Talia.

« Laisse-moi tranquille, Talia ! » J'ai renchéri : « Nous ne pouvons plus être amies. Je n'ai pas affaire à vous ».

Je suis partie et j'ai accroché la troisième affiche et je suis allée dehors où tout le monde était censé être (nous pouvions parfois demander la permission d'entrer à l'école avant tout le monde pour des questions telles que l'accrochage d'affiches, donc j'ai eu de la chance et j'ai obtenu la permission).

Je me suis joint à l'escouade des volontaires et je les ai laissés parler pendant que je me dégageais la tête. Tout ce dont ils parlaient était le Country Club, le Beach Clean Up, et le Sunday Sneak-Out (qui était apparemment ce que toute l'école appelait ce qui s'est passé le dimanche).

« Allez, Jen ! » Florence a pleuré, m'attrapant le bras. « Vous étiez là, donnez-nous la primeur intérieure sur ce qui s'est passé au dimanche Sneak Out. Nous ne dirons pas un mot ! »

« Ouais, tu m'as promis que tu dirais », dit Carolyn, mettant la main sur ses hanches.

Je n'étais toujours pas prêt à en parler.

« Les gars, sérieusement, je ne veux pas en parler. J'ai beaucoup à l'esprit en ce moment,

Promesse que je vous dirai la semaine prochaine, quand nous commencerons à travailler. »

« Bénévolat », me corrige Lyla.

« Ouais, mais je dois vraiment me concentrer sur mes notes en ce moment », leur ai-je dit, « je dois donner cet examen, ou mes parents ne me laisseront même plus faire une fête ».

« Nous pouvons étudier ensemble pendant le déjeuner à la bibliothèque pour vous aider », a dit Carolyn.

« Nous ne sommes pas autorisés à manger à la bibliothèque », a souligné Florence.

« Oh bien, le bien que vous mettez dans le monde a toujours une façon de revenir à vous de toute façon, alors aidons Jen », a dit Carolyn avec joie.

J'étais heureuse que mes amis m'aient proposé de m'aider à étudier. J'avais besoin de passer ce test. Après ne pas avoir fait aussi bien sur le dernier, mes notes en mathématiques étaient vitales pour moi.

****

Quand je suis rentrée chez moi, j'étais tellement épuisée d'étudier dans notre salle d'étude et au déjeuner à la bibliothèque que j'ai décidé de faire une pause. Il était temps de commencer à taper mon essai pour le concours de l'auteur du projet. J'avais demandé à mon père l'autorisation d'utiliser son ordinateur (nous n'avions qu'un ordinateur dans notre maison) pour « la recherche scolaire », et il m'a gracieusement permis. Je voulais toujours garder le concours secret.

L'essai était attendu le vendredi 28 février, et les gagnants seraient annoncés sur le Blogue de l'auteur le dimanche 1er mars. Le défi était pour tous les résidents de l'État de Floride. En plus de gagner un prix en espèces de 10 000 $, l'essai du gagnant serait publié dans le magazine officiel (ce qui signifie que vous recevrez des redevances chaque fois que quelqu'un achète le magazine dans lequel vous avez écrit votre essai). Le Comité de Défi a également annoncé qu'il ajouterait également un prix surpris super spécial ! J'ai dû gagner ! Quoi qu'il en ait fallu (dans les limites légales bien sûr), je devais GAGNER !

Je ne savais pas par où commencer, alors j'ai couru à l'étage et attrapé mon cahier, où j'avais écrit l'adresse et le numéro de téléphone de Rayne Weaver. J'allais l'appeler pour la première fois depuis la fête de Talia. Je voulais lui envoyer son courrier, mais je savais par expérience qu'il lui aurait fallu un certain temps pour répondre si elle vivait en Louisiane.

Téléphone : 555132 7809

2348 67e Rue (unité 23)

Breaux Bridge, Louisiane, États-Unis d'Amérique

J'ai composé le numéro du téléphone dans le bureau de mon père… J'ai presque sauté de mon siège quand quelqu'un a ramassé. OMG !

Bonjour, je suis Haylee Ortega des services de bureau de Rayne Benjaminson, comment puis-je vous aider ?

MA VIE À MIAMI

« Salut, Haylee, je m'appelle Jennifer ; Jennifer Chevrolet. Puis-je parler à Mme Benjaminson ? ai-je demandé.

« Elle vient de quitter son bureau il y a une heure, mais puis-je prendre un message ? »

« Bien sûr ! »

J'étais contente que Rayne Benjaminson ne soit pas disponible, parce que je n'avais pas vraiment préparé ce que j'allais lui dire.

J'ai informé Haylee que j'aimerais interviewer Rayne Benjaminson un peu plus, si elle le voulait. Haylee a promis de transmettre mon message à Mme Benjaminson. Je l'ai remerciée énormément, puis j'ai raccroché.

MA VIE À MIAMI

J'ai regardé mon document vide sur l'ordinateur ; je n'avais même pas un seul paragraphe. J'avais beaucoup d'informations lors de ma première entrevue, mais j'avais besoin d'organiser mes informations et en fait d'écrire quelque chose !

Hmmm… J'étais un peu sceptique, mais j'étais fière d'avoir au moins écrit quelque chose sur mon essai – un titre ! Je me demandais comment dans le monde les auteurs écrivaient livre après livre, et je ne pouvais même pas sortir un paragraphe.

Je me suis assuré de sauvegarder mon travail d'une ligne, et j'ai verrouillé l'ordinateur de mon père, juste au cas où. Je n'ai pas fait beaucoup de travail ce jour-là, mais j'étais heureuse d'avoir pris une pause de tous les tracas.

Jeudi 30 janvier 1992

À la pause dans le couloir, j'ai dit à Lyla, Florence et Carolyn que je serais assise seule au déjeuner pour étudier. J'avais manqué de faire mes devoirs la veille et je m'étais fait crier par mon professeur de sciences. Je me sentais terrible, je voulais juste être seule.

Quand le déjeuner a commencé à être servi à la cafétéria, je me trouvais seul à ma table, attentive à mes devoirs, lorsque Emerald est venue me rendre visite.

« Hé, dit-elle assise en face de moi, si je m'asseyais ? »

Pas la Clique encore ! Pourquoi viennent-ils toujours me déranger ! ?

« Pourquoi ne pouvez-vous pas simplement aller vous asseoir avec la It Clique », ai-je dit en regardant ses yeux verts.

« Je suis partie », dit Emerald. « Depuis que Talia a fait son entrée au sien de l'ensemble, Il clique a été un gâchis. Meghan a tiré au hasard Rosalyn après ce dimanche stupide Sneak Out. Je sais que Charlotte a dit à Skye ce qui s'est vraiment passé, mais ils se taisent. Tant que je suis dans la Clique, je ne suis pas autorisé à vous parler ; mais maintenant je suis partie de la pour qu'ils ne puissent plus me contrôler. D'ailleurs, Meghan m'a temporairement chassé pendant deux semaines samedi pour lui avoir parlé, donc je suis malade de toutes les absurdités ».

« Attendez, pourquoi êtes-vous repartie ? » J'ai demandé curieusement.

« Talia m'a tellement signifié ; elle m'a poussé en classe d'anglais, et m'a même accusé de tricher son test. Elle continue à dire à Meghan des mensonges sur moi, et Meghan continue à l'acheter sans même vérifier avec moi. Alors Meghan m'a donné une frappe, alors j'ai décidé de l'avoir. »

MA VIE À MIAMI

« Dejà vu », ai-je ri en pensant à Skye.

« Donc, je suis partie. J'ai supplié Charlotte de me rejoindre, mais elle m'a dit qu'elle ne pouvait pas. Elle m'a dit qu'elle ne partirait que si Skye partait ou si elle était chassée », s'est plaint Emerald. « Alors maintenant, c'est juste Meghan, Talia, Skye et Charlotte ! Je sais que Charlotte ne durera pas longtemps avec Talia ».

Wow ! Talia était vraiment en train de détruire la It Clique – Oh mon gosh ! J'ai alors tout à coup compris quel était son plan ! Mais j'avais une question : pourquoi ?

Je n'ai rien dit à Emerald, elle a tremblé et a continué avec son repas tandis que j'ai fait plus de questions de mathématiques de pratique.

J'avais besoin de passer le texte mathématique le lendemain et je n'allais pas laisser les problèmes personnels d'Emerald avec le It Clique m'arrêter.

Vendredi 31 janvier 1992

Ce matin-là, je me suis réveillé avec le dos au mur de ma chambre. Quand je me suis retourné pour regarder ma chambre, c'était toujours la même chose qu'au début du mois. Je me suis levé et j'ai regardé les images que j'avais collées – des photos de moi-même comme un bébé, ma famille, un tas de mes cousins, et de Meghan... La photographie que nous avons pris le Jour de l'An.

Je ne pouvais pas croire qu'il n'avait fallu qu'un mois à Meghan et moi pour ne plus être amies. J'ai retiré la photo de mon mur et l'ai placée dans une boîte dans mon placard. J'ai soupiré en mettant la boîte et regardé l'endroit où Meghan et moi avions la photo... J'ai prévu de le remplacer par une photo de l'Escadron des volontaires.

J'ai marché en bas de ma chambre, perplexe par la pensée que le lendemain serait le début d'un nouveau mois – février 1992. J'ai mangé mon petit déjeuner rapidement tout en étudiant les formules de géométrie pour mon examen de mathématiques. Mon niveau de stress était à un niveau toujours élevé, et j'ai été irrité quand mon père m'a demandé d'écouter la réédition de la messagerie vocale pour tous les messages importants pendant qu'il courait à la salle de bain.

Un message vocal qui a attiré mon attention était celui de Haylee, le secrétaire auquel j'avais parlé mercredi. Mon père était dans la salle de bain, Martin était endormi, et le bruit dans notre petite maison était étouffé par le bruit du sèche-cheveux de ma maman, si heureusement pour moi, personne n'a entendu le message ou ne m'a posé aucune question à ce sujet.

« Salut, Jennifer, c'est moi Haylee du bureau de Rayne Benjaminson. Je viens de parler à Mme Benjaminson, et elle pourra vous parler demain à 9 heures, heure de Louisiane, donc 10 heures, heure de Miami, pour vous. Elle est très excitée de vous parler à nouveau ! »

J'ai glissé, je suis allé au téléphone et j'ai rapidement supprimé le message juste à temps pour que mon père revienne des toilettes.

« Entendez des messages importants ? » Il a demandé pendant qu'il fixait sa cravate.

« Nope ! Juste une publicité, » J'ai menti sans effort.

Mon père a fait la sourde oreille et il est retourné à son journal.

Martin est finalement descendu environ vingt minutes plus tard, et nous sommes allés à l'école. J'ai pris un peu de sommeil sur le chemin. J'étais fatiguée ; je n'avais pas beaucoup dormi parce que je devais rester au-delà de mon coucher pour étudier. Je savais qu'après l'examen de mathématiques ce jour-là, les choses allaient devenir beaucoup plus folles. Le premier semestre de l'école arrivait à son terme, ce qui signifiait plus de devoirs, de projets et, pire encore, d'examens.

Je ne voulais pas parce que tout ce que je voulais faire était de me concentrer sur les mathématiques, donc je n'ai rien oublié, mais je savais que ce serait étrange si je ne les rejoignais pas. Donc, au lieu d'écouter les filles converser, j'ai complètement brouillé leur conversation.

J'avais beaucoup d'autres choses sur lesquelles je devais me concentrer.

*****

Au déjeuner, je me suis assise seule une fois de plus, pour étudier davantage. L'examen de mathématiques était juste après le déjeuner. Je voulais passer le test si mal. Mes notes étaient si cruciales pour moi ce jour-là que j'ai choisi de ne rien manger et juste étudier.

J'avais l'impression de vouloir exploser une fois que Meghan, Skye et Charlotte sont venus vers moi. Qu'ont-ils voulu ?! Était-il impossible pour eux de me laisser tranquille ?

« Pourquoi parlez-vous à Emerald hier », demandait Meghan, les mains sur les hanches.

Talia est restée comme d'habitude à la table de It Clique et a fait semblant de ne pas me voir harcelée. Classique.

« Buzz off, Meghan ! » Je lui ai dit.

« N'osez-vous pas me parler ainsi ».

« Tu n'es pas mon patron. Buzz off ! » ai-je répété, sans même me soucier de la regarder vers le haut.

« Tu creuses un trou profond pour toi-même, Jen » : m'avertit Charlotte.

« Oui ? Et je pourrais me soucier moins ! Au moins j'ai un but (autour d'ici) autre que de suivre Meghan autour comme un robot » ai-je crié à Charlotte. « Quelle hypocrite tu es, Charlotte ! N'êtes-vous pas celle qui a dit dimanche que Meghan était si bossy ? Vous êtes tellement fausse ! Pouvez-vous toutes, s'il vous plaît, sortir de mon visage ? »

Les yeux de Charlotte arrosés ; je me sentais mal, mais mes émotions augmentaient. Je n'allais pas m'excuser de lui crier devant Skye ou Meghan. Je n'aimais pas comment Charlotte a fait paraître comme si j'avais dû être terrifiée par Meghan, ce que je n'étais pas. Il n'y avait aucune crainte en moi pour Meghan Benjaminson, et je ne voulais pas que personne ne le fasse apparaître comme tel.

Soudain, la culpabilité m'envieillit alors que Meghan se tournait vers Charlotte et lui a donné le look le plus significatif jamais vu. C'était un air de dégoût ; elle regarda Charlotte d'une manière inquiétante. Meghan était honnêtement si méchante parfois.

« Allons-y ! » Meghan dit à Charlotte ; et aussi vite qu'elles sont venues, la It Clique (sauf Talia qui n'était même pas là) s'en est allée. Bonne ristourne aux mauvaises ordures ! Il était temps de reprendre les études.

*****

Il était temps pour l'examen, et j'étais une épave nerveuse. Même si je savais que j'étais surtout prête, j'avais encore peur. Je suis entrée dans la salle de classe et j'ai gémi intérieurement quand j'ai vu que l'enseignant avait changé nos plans de sièges. J'étais à l'origine assise à côté d'Emerald et d'un garçon nommé Albert en classe de mathématiques, mais il avait été changé. Les seuls « membres » de la It Clique dans ma classe de mathématiques étaient Talia et Emerald, de sorte que vous pouviez imaginer mon « bonheur » quand j'ai été placé juste à côté de Talia à l'arrière de la salle de classe. Délicieux.

C'était comme si la Clique me suivait partout !

J'ai pris place et ignoré Talia quand elle m'a souhaité smugly bonne chance. Je n'allais pas la laisser me distraire.

Lorsque nous avons reçu le test, j'ai examiné la première question. M. Wilson (mon professeur de mathématiques) me détestait probablement. De quel type de questions s'agissait-il ?!

Je me suis précipitée sur les questions faciles d'abord, juste pour les résoudre rapidement ; puis je suis revenue aux questions plus difficiles et j'ai passé beaucoup de temps à essayer de les comprendre. Nous ne pouvions pas soumettre notre test avant la fin de la classe, alors j'ai passé les 10 dernières minutes à me frotter au crayon, à corriger les questions et à regarder l'horloge qui semblait avancer très lentement.

Alors que je me figeais tranquillement, au coin de mon œil, j'ai vu Talia – elle me regardait… Non… Pas à moi… Mon test ! Elle trichait mon test !

Je la regardai avec d'énormes yeux et je lui dis : « Qu'est-ce que tu fais ?! »

Elle a roulé les yeux avec un sourire, arraché un petit morceau de papier à son épreuve, et a écrit une note dessus avec son crayon bleu.

Écoutez Chevrolet, si vous savez ce qui est bon pour vous, vous garderez votre bouche fermée, et ne vous inquiétez pas.

Je ne pouvais pas croire mes yeux ! Nous allions avoir tant de mal ! Combien de temps avait-elle copié mon test sans que je remarque ! J'avais étudié si dur toute cette semaine, juste pour qu'elle profite de tout mon travail acharné ?! En un million d'années, je ne pensais pas que Talia pouvait rester aussi bas.

La cloche a sonné ; j'ai rangé la note de Talia dans ma poche et j'ai remis mon test à M. Wilson. Peut-être qu'il nous avait donné différents tests ? Si Talia osait même m'accuser, j'allais m'assurer de faire quelque chose de terrible pour elle. À Coconut Grove Academy tricher était quelque chose qui pourra vous causer des problèmes énormes, d'autant plus que c'était une école privée.

J'ai attendu que Talia sorte de la classe, j'ai traîné par son bras et je l'ai amenée dans la salle de bains des filles à proximité de la salle de classe. Nous avons eu une pause de dix minutes, donc j'ai eu assez de temps pour parler avec elle.

« Talia ! Quel heck ! Je vous ai dit de me laisser tranquille ! » ai-je dit fort.

« Je le suis », répondit Talia.

« Comment tricher mon test, que vous devriez déjà savoir pourrait nous amener tous les deux dans beaucoup de problèmes, me laissant seul ! ? » : me suis-je exclamée. « J'ai étudié si fort pour cette épreuve, et vous allez juste profiter de mon travail acharné comme si ce n'était rien ?! »

« Eh bien, c'est le moins que vous puissiez faire » : s'écria Talia.

« Quoi ! »

« Vous savez, pour moi, vous connecter à ma mère et à tous ».

Je ne pouvais pas croire ce que Talia disait, « Talia ! Je suis allée littéralement contre mes parents, je suis sortie et j'ai roulé à l'arrière d'une voiture de police juste pour me connecter à elle ! »

« Tu n'es vraiment pas si brillante, Jennifer Chevrolet » : a rigolé Talia.

« Excusez-moi ? »

« Je vous aurais juste donné l'information sur ma mère si vous venez de demander, vous savez » : a-t-elle expliqué.

« Talia ! Je voulais être votre amie d'abord, donc il ne semblait pas que je t'utilisais ! Puis quand j'ai finalement eu la chance de vous parler, vous m'avez rapidement remplacé dans la It Clique. Alors, ne faites pas sonner comme si j'étais stupide, pour ne pas aller vers vous le premier jour en disant « Hey ! Êtes-vous Talia ? Pouvez-vous me donner le numéro de votre maman » ai-je averti Talia brusquement.

Talia se sourit dans le miroir et remue ses cheveux bouclés : « Je ne t'ai d'abord jamais remplacé dans le It Clique ».

« Écoutez », je l'ai interrompue, « Je ne sais pas ou ne me soucie pas de quels jeux vous jouez avec la It Clique, mais gardez-moi hors de lui ! »

J'ai quitté la salle de bain et j'ai claqué la porte, laissant Talia à l'intérieur.

MA VIE À MIAMI

J'étais tellement en colère contre

Talia ! Elle m'impliquait dans des choses dans lesquelles je n'avais pas besoin d'être impliquée. Pourquoi ne pouvait-elle pas me laisser tranquille comme je le lui ai demandé ! Pourquoi a-t-elle dû tricher MON test ! Il y avait une autre personne juste à côté d'elle qu'elle aurait pu copier. Pourquoi Talia a-t-elle toujours ressenti le besoin de me choisir comme victime ?

J'allais demander à Talia d'avouer avoir triché avant que M. Wilson ne nous découvre et que nous soyons tous les deux en difficulté. J'allais la chanter, juste comment elle m'a manipulée pour aller à son stupide pique-nique. Je n'avais tout simplement rien de suffisamment fort pour lui tenir tête. Je ne voulais pas que ça descende à sa parole contre la mienne. J'avais besoin de quelque chose de substantiel.

*****

Mon professeur, Mme Kobayashi, m'a informé après mon dernier cours (Art, qui était l'un de mes favoris), que mon père avait contacté le bureau pour informer Martin et moi qu'il serait en retard de nous ramasser. Alors, je suis montée à l'avant de l'école au lieu de la cour avant et je me suis assise sur un banc. J'ai sorti un livre que j'avais pris à la bibliothèque et j'ai commencé à lire.

Je lisais encore mon roman quand Rosalyn et Charlotte sont venues et se sont assis deux bancs loin de moi – je les ai regardées ; ils ne savaient pas que j'étais là, malgré le fait que j'étais proche d'eux.

« Je déteste tellement Talia », dit Rosalyn à Charlotte.

« Ça m'étonne qu'elle ose même faire quoi que ce soit pour vous, vous savez tout sur tout le monde », a dit Charlotte.

« Je ne comprends pas pourquoi tu n'es pas partie avec moi », se plaint Rosalyn.

« Allez, vous savez comment ils sont, Meghan a pratiquement comploté contre Jennifer et Emerald après leur départ – bien la plupart du temps Jennifer. Les avez-vous vus à la fête de Talia ? Meghan était furieuse ; je parie qu'elle manque encore à Jennifer, elles ont été de meilleures amies pendant longtemps, tu sais », a dit Charlotte.

Je savais qu'il était grossier d'écouter, mais Charlotte et Rosalyn parlaient très fort. Il était pratiquement impossible de ne pas les entendre.

« Oh mon gosh ! Je vous en dirai plus quand nous arriverons chez moi, mais Talia propage une rumeur folle à mon sujet », a dit Rosalyn.

Rosalyn chuchotait quelque chose à l'oreille de Charlotte, et ses yeux s'élargissaient.

J'ai décidé d'arrêter d'écouter ; espionner était impoli – mais au moins je savais que Charlotte enfreignait les règles de It Clique en traînant avec une ex-membre (je commençais à apprendre que j'avais besoin d'avoir de la saleté sur tout le monde dans ce groupe). Je me suis déplacée de quelques bancs de plus loin d'eux afin que je ne puisse pas entendre leur conversation, et sans savoir que je me suis assise juste à côté de certains gars que je n'avais jamais vus auparavant ; il doit être en 8e (lycéens) et n'ont pas été autorisés à attendre les parents à l'avant de l'école avec les élèves du collège).

« Hé ; connaissez-vous quelqu'un nommé Jennifer ? » m'a-t-il demandé au hasard.

« Oum… Ouais, c'est moi », ai-je répondu lentement, » pourquoi ? »

« Alors, vous étiez au Sunday pique-nique ? »

« Oui », soupirai-je, pas cette fois encore. Je ne voulais plus parler de ce qui s'est passé avec qui que ce soit – c'était embarrassant.

« D'accord, bien comme j'ai cette amie qui commence un article de journal dramatique d'école super-secret, et elle voulait que j'interviewe quiconque était là. J'ai demandé à Talia, Charlotte et Rosalyn, mais elles ne diront rien. Vous étiez là, non ? »

- Oui, dis-je sans même penser, oui, j'étais là.

« Enfin ! » dit-il, claquant les mains ensemble, « C'est juste une faveur pour un ami d'ailleurs ».

« D'accord, alors qu'avez-vous voulu demander ? »

Il a pris une profonde respiration, « Alors il y a eu une rumeur qui circule que Rosalyn, une fille qui apparemment est allée au pique-nique, a apporté des cigarettes à la plage et a essayé de vous forcer à les fumer ? »

Je ne pouvais pas croire ce qui sortait de sa bouche, « Attendez désolé, qu'avez-vous dit ? Pouvez-vous le répéter ? »

Il se répéta rapidement et tapota sa montre.

Il devint immédiatement clair pourquoi Meghan avait chassé Rosalyn de la It Clique. J'étais certain que c'était Talia qui avait répandu la rumeur calomnieuse ; il n'y avait aucun moyen pour Charlotte de le faire (malgré sa réputation de propager de fausses accusations sur les gens eux-mêmes) ; elle était la meilleure amie de Rosalyn, et elle ne ferait jamais une telle chose pour elle – ou quelqu'un dans la clique de It d'ailleurs. La tentative de Talia de faire paraître Rosalyn terrible devant tout le monde n'avait aucun sens. Qu'est-ce qu'elle avait contre elle ? C'était une énigme pour moi, mais j'avais de plus gros poissons à frire.

J'ai alors réalisé ce que j'allais faire pour amener Talia à avouer à M. Wilson qu'elle avait triché. J'étais sur le point de dire au garçon ce qui s'était réellement passé à la plage quand j'ai remarqué la voiture de mon père tirer vers le haut dans le stationnement de l'école.

« Écoutez, rencontrez-moi à cet endroit exact le lundi à la pause, nous trouverons quelque chose de plus privé pour moi de vous dire ce qui s'est vraiment passé au dimanche pique-nique », lui ai-je dit.

« OK, super ! »

Je me suis levée et allais monter dans la voiture de mon père, mais je me suis retournée pour poser une question importante au garçon.

« Hé attendez, quel est votre nom ? »

« Caleb », dit-il avec un sourire, « Caleb Miller ».

« OK, merci », je suis allée dans la voiture de mon père, adieu à lui, et il a agité en arrière.

Caleb Miller... Caleb Miller... Où avais-je entendu ce nom auparavant ? Hmm... J'ai commencé à réfléchir aux raisons pour lesquelles ce nom était si important.

*****

Quand je suis rentrée chez moi, j'étais épuisée, mais j'ai travaillé sur les questions de mon entrevue avec Rayne Weaver. J'étais super reconnaissante qu'elle ait pris du temps hors de son horaire pour me parler, d'autant plus que la dernière fois que nous avons parlé, il se passait beaucoup de drame et tout semblait très précipité.

Après avoir écrit les questions, je me suis entraînée à les dire en toute confiance. Mes parents allaient être au travail pendant mon entrevue, ce qui signifiait que Martin allait me regarder. Il serait probablement juste en bas à regarder la télévision à la place, donc je n'ai pas besoin de m'inquiéter pour lui. Ça allait fonctionner parfaitement !

Je suis descendu et j'ai demandé à mon père si je pouvais utiliser le téléphone dans son bureau pour faire un appel sur les devoirs. Il était assis sur le canapé, regardant le match de football avec Martin. Il a dit oui, comme il a agité ses mains avec consternation contre moi, sans lui enlever les yeux de la télévision.

J'ai pris le carnet de téléphone (où j'avais écrit le numéro de Talia – de sa carte d'invitation de fête d'anniversaire), je me suis précipité au bureau de mon père, et j'ai fermé la porte derrière moi. J'allais défier Talia au sujet de la copie de mon test et exiger qu'elle se tourne vers M. Wilson. Si elle n'avouait pas, je dirais à Caleb de tout exposer.

Puis je me suis arrêté. Je me suis rappelé que Talia n'était pas mannequin ; c'était une fille très intelligente et rusée ; j'avais déjà vu la preuve comment elle démontait la It Clique juste sous le nez de Meghan. Si je commençais juste à la menacer de ce que j'avais l'intention de faire, elle découvrirait instantanément une façon de la contourner. Talia était très intelligente ; plus intelligente que Meghan ; et plus intelligente que Skye ; ce n'était pas une petite fille. Je devais aussi être très intelligente. J'allais certainement dire à Caleb ce qui s'est passé, mais j'avais besoin de plus de temps pour réfléchir avant lundi sur la façon de travailler autour de Talia et de la battre à son propre jeu.

J'ai quitté le bureau de mon père et, sur mon chemin, Martin a dit à l'étage : « Eh bien, c'était un coup de téléphone rapide ».

« Eh bien oui, j'ai juste eu une question », j'ai menti.

C'était la deuxième fois que j'avais menti ce jour-là à ma famille – et ça ne me sentait pas si bien.

J'avais besoin de me concentrer sur des choses plus importantes, comme l'Escadron de volontaires (que j'avais négligé tout le temps que j'étudiais pour l'examen de mathématiques). Je n'ai même pas demandé à mon père.

Autorisation de commencer à travailler au Country Club ! Ugh ! J'avais besoin de me reposer.

MA VIE À MIAMI

Après m'être reposé un peu avec un livre de Rayne Weaver, j'ai décidé d'écrire mes objectifs de février 1992. Je m'ennuyais et j'avais besoin de quelque chose à faire, de toute façon. Écrire de nouveaux objectifs pour chaque mois était quelque chose que j'avais décidé de faire, de sorte que la liste pourrait m'aider à rester concentré sur les réalisations. Il me garderait également motivé que j'ai croisé des articles au fur et à mesure qu'ils ont été réalisés. Je n'étais pas très bon pour les objectifs « intelligents », mais au moins avoir la liste la plus simple me conduirait quelque part plus loin que si je n'avais pas de buts du tout. Je détestais « aller avec le flux ».

Février 1992

• rédiger un essai biographique pour le défi de l'auteur du projet.

• Entretien avec Rayne Weaver-Benjaminson. Ugh, toujours pas habitué à cela.

• Commencer à faire du bénévolat au Country Club (BESOIN DE DEMANDER MAMAN ET PAPA)

• Exposer Talia/faire ses aveux sur la tricherie de mon test prêter plus d'attention à l'Escadron de volontaires devenez une personne plus forte dans mon ami découvrez si j'ai réussi l'examen de mathématiques

Ugh ! J'avais tellement sur les mains ! Janvier venait de passer et le lendemain, ça allait être février. C'était comme « hier » que j'avais crié « Bonne année ! » avec Meghan au milieu du salon de ma maison. Tant de choses s'étaient passées depuis lors – ça faisait dix ans ! J'étais sûr que nous ne crierions jamais « Bonne année ! » ensemble.

J'étais nerveuse pour le nouveau mois, mais après ce que j'avais traversé en janvier, il n'y avait pas moyen, février pourrait compléter que… non ?

MA VIE À MIAMI

Bon, février 1992, ici je viens, montre-moi ce que tu as !

À propos de l'auteur

Née le 12 avril 2007, dans la ville de Toronto, Kristina Kasengulu est l'auteur de la série My Miami 1992. Quand Kristina avait à peine six ans, elle a déménagé en Alberta avec sa mère et son plus jeune frère. Sa mère travaille comme vendeuse associée, tandis que son père est un ingénieur en Les États-Unis. Kristina a écrit le livre.

My Miami 1992 – janvier (Nouvel An, Nouveau Drame) quelques jours après son 13e anniversaire (pendant la quarantaine) elle s'est inspirée de sa propre vie et de celle des autres. Elle a actuellement 14 ans et elle est en 9e année. Bien que la littérature soit une de ses plus grandes passions, Kristina aime aussi jouer des instruments à son église locale, la danse, le spectacle à l'école, le bénévolat, les études sociales (elle aime parler de justice sociale), et de beaucoup plus d'autres choses. Tout en écrivant son roman, elle a aussi dépeint toutes ses passions et les différentes personnalités du personnage principal (Jennifer Chevrolet), elle réussit à mettre encore de minuscules morceaux d'elle-même dans chaque personnage. Elle espère que les jeunes, les adolescents comme elle peuvent lire et apprendre de ses livres et être encouragé pour en savoir plus. Un jour, par la grâce de Dieu

Elle espère devenir un numéro 1 du *New York Times Bestseller*.